EL CASO DE LA FAMILIA DESAPARECIDA

LA BRIGADA DE CRÍMENES GRAVES Nº 1

RAÚL GARBANTES

Producción editorial: Autopublicamos.com
www.autopublicamos.com

Diseño de la portada: Giovanni Banfi
giovanni@autopublicamos.com

Esta es una obra de ficción. Los nombres, personajes, instituciones, lugares, eventos e incidentes son producto de la imaginación del autor o usados de una manera ficticia. Cualquier parecido con personas reales, vivas o fallecidas, o eventos actuales, es pura coincidencia.

Página web del autor:
www.raulgarbantes.com

amazon.com/author/raulgarbantes
goodreads.com/raulgarbantes
instagram.com/raulgarbantes
facebook.com/autorraulgarbantes
twitter.com/rgarbantes

Obtén una copia digital GRATIS de *Miedo en los ojos* y mantente informado sobre futuras publicaciones de Raúl Garbantes. Suscríbete en este enlace: https://raulgarbantes.com/miedogratis

ÍNDICE

PRÓLOGO

Tom Harrison, detective de la Brigada de Crímenes Graves en el Distrito 12 de Boston Central, le alcanzó un café a su colega y compañera Nadine Bannister. Ella golpeaba las teclas de la computadora y su rostro comenzaba a mostrar esa expresión de asombro que Tom conocía muy bien. Trabajaban juntos desde hacía años. La juventud de Nadine, de veintisiete años, a veces provocaba que él, a sus apenas treinta y uno, se sintiese un poco viejo. Y eso que a Tom le sobraba la energía y gozaba de una impecable salud, pero la intensidad de su compañera a la hora de resolver un caso... Sí, ella resultaba avasallante cuando se concentraba en un único objetivo.

Como ahora, que su rostro cada vez se asombraba más: se le dilataban las pupilas y su boca se iba abriendo de a pocos.

Nadine ni se había enterado de que él acababa de apoyar el café en el escritorio.

—Se te va a enfriar, Nadine.

Ella siguió sin enterarse. Seguía absorta ante la pantalla, como un cavernícola que por primera vez contempla el fuego.

Hasta que, sin dar señales de haberlo escuchado antes, giró la cabeza para mirar a Tom:

—No vas a creer esto —dijo con los ojos más abiertos que nunca.

Y pensar, se dijo Tom, que este asunto había comenzado de la manera más inocente, como suele ocurrir con los casos más terribles. Este caso en particular contaba con un ingrediente personal para Tom: se relacionaba estrechamente con su novia, Yvette Dupuis. En alguna ocasión Yvette dejó traslucir ciertos celos por la relación laboral de Tom y Nadine. Sin embargo, hoy en día ese era el menor de los problemas de ella. Su vida, y por extensión, la de Tom, comenzó a complicarse, igual que en ciertas películas de terror, con una mudanza.

PARTE I

UNA CASA HECHA A MEDIDA

1

*A*PROXIMADAMENTE UN MES *antes*

Yvette se aburría detrás del mostrador: faltaba poco para cerrar y por lo regular nadie iba a la biblioteca a esas horas. Ese día no era la excepción, pero a Yvette no le quedaba más remedio que cumplir con su horario laboral. De haber sido otro momento de su vida, seguro se habría entretenido leyendo alguna de esas novelas de detectives que tanto le gustaban —una de las ventajas de su trabajo era poder leerlas gratis; a veces incluso se llenaba una ficha a sí misma y se las llevaba a su casa, igual que cualquier otro miembro de la biblioteca—. No obstante, aquel no era un momento cualquiera. Estaba planeando su mudanza, y desde hacía un par de semanas que aquello monopolizaba sus pensamientos. Así que se entretenía fantaseando con su casa nueva, a la que aún no conocía. Se comparaba a sí misma con una adolescente que añora al hombre de sus sueños, un galán futuro cuyo rostro ignoraba, pero que ansiaba conocer pronto.

Por fortuna, su madre —a la que sus colegas y clientes llamaban «señora Dupuis»— trabajaba hacía décadas como agente inmobiliaria. Yvette recordaba que, de chica, solía acompañarla a las casas de los clientes a esperar a los potenciales compradores. Le divertía jugar, por un rato, a que vivía en otra parte, aunque también la reconfortaba volver a su hogar y estar con su familia.

El apartamento que ocupaba no la reconfortaba tanto: ubicado en el centro de Boston, la exponía al bullicio de los coches y peatones, que a menudo le impedían disfrutar de una ocasional siesta o de una buena novela de detectives. Tom le preguntó una vez si ella salía con él solo porque le fascinaban los detectives. Yvette lo negó rotundamente. La palabra clave de esa pregunta era «solo»: no, ella no salía con Tom solo por eso, si bien no podía negar que ese rasgo había ayudado a enamorarla.

En fin, lo cierto era que Yvette deseaba mudarse a las afueras de Boston y abandonar el ruido del Centro. Una paz campestre —por así decirlo— hubiese conseguido el paradójico efecto de irritarla. No, ella buscaba algo intermedio, no le atraía el caos ni tampoco el desesperante silencio.

Una notificación del móvil interrumpió sus pensamientos. Casualmente, se trataba de su madre. Acababa de enviarle las fotos de una casa a buen precio, con algunas características y la ubicación que ella pretendía.

En este caso, la palabra clave era «algunas». A los ojos de Yvette, la casa pecaba de algo fundamental. Le envió a su madre un mensaje de audio:

—Ya te dije que no me agradan las casas modernas, por espaciosas y lujosas que sean y por bien ubicadas que estén. Prefiero una cueva del paleolítico a una cápsula del siglo XXII: no me gustan las paredes de papel ni los muebles redondeados y frágiles que se construyen hoy en día. Quiero un lugar con historia, un lugar que no escape a la tradición.

No había usado un tono de reproche, su madre estaba

trabajando para ella, y era lo que menos se hubiese merecido. Solo pretendía dejar en claro sus deseos sobre la casa futura. Y en aquel momento a Yvette no se le ocurrió acordarse de un dicho ciertamente tradicional, como a ella le gustaba: «Cuidado con lo que deseas». Semanas después, ese audio que le envió a su madre regresaría a su memoria, aunque ya con una carga de macabra ironía.

2

La tarde de aquel sábado Tom regresó temprano de la brigada. Nadine le dijo que se le notaba el desgaste en el rostro y que se tomara un descanso. En principio, el comentario afectó un poco la coquetería de Tom; pensándolo un segundo, se dio cuenta de que su compañera estaba en lo cierto: él necesitaba bajar un poco el ritmo.

Había quedado en verse con Yvette en el apartamento de ella. Faltaba para que su novia regresara del trabajo, pero era para este tipo de situaciones que ella le dio una llave. Tom se preguntaba si ella le entregaría las llaves de la casa nueva también. A ese apartamento siempre lo había concebido como una vivienda temporal, a la que su novia accedió porque su madre consiguió un alquiler barato; la casa nueva, sin embargo, se convertiría en el verdadero hogar que Yvette buscaba desde hacía tiempo. Al menos, eso era lo que ella soñaba.

Tom entró en la vivienda. Asaltó la refrigeradora de Yvette, aunque el botín no resultó demasiado grande: sus hábitos atléticos incluían el de comer como un pájaro. Puso a hervir un par de huevos para saciarse un poco. Decidió que, a la noche, ya junto con su novia, se pediría comida de verdad —comida para quienes experimentaban hambre de oso—.

~

—Usted sí que sabe colarse en casas ajenas, señor detective —dijo Yvette apenas llegó. Dejó su bolso arriba de la mesa y se acercó a Tom con los brazos extendidos.

Se abrazaron y se dieron un largo beso.

—Es más fácil cuando la sospechosa te da la llave —contestó él separando apenas sus labios de los de ella y todavía sosteniéndola de la cintura. En esos instantes Tom se sentía capaz de casarse con su novia. Se imaginaba que procreaban muchos hijos y estos, a su vez, nietos, y envejecían juntos. Sí, se creía capaz de sobrevivir a todo; incluso a la prolongada convivencia: ese abismo hecho de horas, días y años, y que siempre amenazaba con devorarse la pasión.

Sin embargo, por lo regular le atemorizaba que ella pudiese querer llevar la relación «al siguiente nivel». Tom sabía que, objetivamente, él ya no era ningún niño; aun así, por dentro se sentía demasiado joven para un compromiso tan formal.

Por fortuna, a Yvette no se la veía obsesionada con eso, como le había sucedido a Tom con otras mujeres que tuvo como pareja. A sus veintiséis años, ella debía saber que le quedaba mucho para vivir y pocos motivos para tener prisa.

Yvette dijo que ella cocinaría. Mientras sacaba los víveres de la nevera le contó a Tom de la fallida oferta de su madre. Le mostró las fotos que había conservado en el celular, precisamente para mostrárselas a él. Tom no podía creérselo:

—¡Por Dios, mi amor! —No pudo llevarse las manos a la cabeza porque las estaba usando para sostener el aparato—.

Esta casa es hermosa, en una excelente ubicación y a un gran precio. ¿Cómo se te ocurre no ir siquiera a echarle una mirada en persona?

Tal como era de esperarse, Yvette repitió una vez más su manifiesto —a esas alturas, había que llamarlo así— sobre las casas viejas y la tradición, y lo anodino de sus contrapartes modernas...

Tom decidió terminar la charla sugiriendo que pidiesen *pizza*. No sin algún esfuerzo logró que Yvette accediese a transgredir su dieta y consumir ese exceso de calorías nocturnas.

Un poco más tarde se fueron a la cama. Aunque tardaron bastante más en irse a dormir.

Después de todo, Tom no solo vivía de razonamientos y deducciones. Y a la meticulosa Yvette tampoco le sentó mal la idea de quemar algunas calorías adicionales.

3

De nuevo en la biblioteca, pero esta vez más temprano que el día anterior, Yvette recibió un mensaje de su madre con fotos de otra casa. Sin embargo, la impresión que le provocaron estas nuevas fotos resultó ser muy diferente.

Después de asesorar a un cliente sobre libros referidos a la cultura azteca se puso a examinar las imágenes con mayor atención. Su madre la había escrito los detalles en un mensaje extenso:

Hija, acaba de salir al mercado «la casa de la abuela». Se la llama así porque pertenece a la señora Evelyn Neville, y a una historia que en breve te contaré. La casa es amplia y está ubicada en las afueras de Boston, en una zona apartada del ajetreo de la ciudad. La he recorrido y puedo asegurarte de que tiene ese estilo clásico que a ti tanto te gusta. Sin embargo, su historia no es nada agradable: hace siete años la señora Neville llamó a la policía y denunció la desaparición de su hija, su yerno y su nieta, si mal no recuerdo, de nombre Sarah. Ellos nunca volvieron a aparecer, y nadie llegó siquiera a sospechar qué les había sucedido: fue como si un rayo los hubiese borrado de la faz de la Tierra. Desde ese momento, en la zona se conoce a Evelyn Neville por el apelativo de «abuela».

La ley establece un plazo de siete años para que la desaparición se considere definitiva y la casa se transfiera a los herederos. Evelyn Neville resultó ser la familiar más cercana de los Carson, la que vivió toda la vida con ellos. Es justo que se quede con la casa. Pero la pobre señora vivió sola allí, melancólica, seguramente extrañando a los suyos, y ahora quiere irse del lugar. Imagínate, tantos años viviendo sola en esa casa tan grande... Lo cierto es que acaba de poner la casa en venta. Vuelvo a decirte que la historia no es muy agradable, y que yo no viviría en una casa con ese pasado. Pero bueno, la verdad es que, si nos olvidamos de este detalle, el lugar cumple con tus requisitos mejor que cualquier otro. Así que será tu decisión. Cuando quieras podemos arreglar una cita e ir a verla juntas.

A Yvette, más allá de su espontánea piedad por la abuela Neville, le importaba muy poco aquella triste historia. De hecho, para ella no constituía ningún «detalle», ni a favor ni en contra de la casa: su mamá a veces se ponía melodramática con ciertas cosas. Quizá —debió admitírselo a sí misma— a Yvette le hubiese incomodado saber que en esa casa se habían cometido crímenes violentos o algo por el estilo. Pero una desaparición... Ni siquiera se trataba de algo ocurrido «en» la casa. Justamente, quien desaparece es porque «se va» del lugar en el que vive.

Le envió un mensaje a su madre diciéndole que, si ella se encontraba disponible, le gustaría visitar ese mismo día «la casa de la abuela» —Yvette ya la llamaba por su familiar denominación: las fotos le habían generado una atracción instantánea y, sin siquiera haberla visto en persona, ya la proyectaba como su hogar.

Un par de clientes después, Yvette recibió otro mensaje con una repuesta previsible, aunque no por eso menos decepcionante: su madre le aclaró que debía esperar hasta la siguiente semana, y el final de algunos trámites, para poder visitar la casa.

Yvette levantó la cabeza y se encontró con otro cliente. Mientras lo asesoraba sobre libros de divulgación de física cuántica, y tecleaba los códigos correspondientes en la computadora, soñaba con «la casa de la abuela». Ya pensaba en ella como si la dueña fuese su propia abuela y no una señora desconocida, y que al parecer había tenido una vida desgraciada en su último tramo.

Faltaban horas para que la biblioteca cerrase. Cada vez que podía, Yvette volvía a mirar las fotos en el móvil —su mamá le había enviado cinco fotos: tres de la fachada y dos del interior—. Con eso bastó para entusiasmarla. Pensó que, a menos que a la hora de visitarla se encontrara con algo que de verdad afectase a la casa, más allá de su historia reciente, no tomaría una decisión diferente a la de comprarla. Daba por hecho que el precio se ajustaba a su presupuesto disponible, su madre tenía bien claro cuánto podía gastar ella y era toda una profesional, no se excedería de ese monto.

Con el celular en la mano, Yvette suspiró como una adolescente ante las fotos de un galán de revista. Hubiese querido teletransportarse en ese mismo instante a la casa de la señora Neville.

4

A LA NOCHE siguiente Tom se encontró con Yvette en el apartamento de él. Los dos estaban sentados a la mesa de la cocina, esperando que se hiciera la cena. Yvette le contó sobre las fotos que le envió su madre y el entusiasmo que le provocaba la casa de la señora Neville. No necesitó contarle la historia sobre la desaparición de la familia: Tom la conocía ya. Yvette no tardó en comprender que su novio, si bien no se comportó de modo alarmista, tampoco compartía del todo su entusiasmo.

—Se trataba de la familia Carson, los dos padres y una niña. La casa estaba a nombre del padre, Peter Carson. Yo conozco a colegas que trabajaron en el caso aquel. Le resultó bastante frustrante no haber encontrado un solo indicio sobre qué pudo haber pasado. Y por eso, aunque me alegra verte tan alegre, me resulta un poco incómodo imaginar que puedas vivir allí.

—Algo similar me dio a entender mi madre, pero la verdad es que yo no los entiendo, ni a ti ni a ella. ¿Qué es lo que les incomoda? Ni siquiera es una historia de película de terror: a los Carson no los decapitó un loco con una motosierra.

—No lo sabemos —dijo Tom con una sonrisa nerviosa—. Insisto en que no tenemos ni la menor idea de qué le sucedió a esa familia. Solo sé que, a menos que creamos en la combustión espontánea, no han sido causas naturales las que provocaron su desaparición.

Yvette echó la cabeza para atrás y dejó salir una risa.

—Y yo que pensé que salía con todo un Poirot, un detective analítico y racional... ¿Y resulta que ahora temes que los Carson se hayan extraviado en un agujero negro de la casa? Quizá algún portal interdimensional, sí. —Con rostro serio, Yvette se llevó el índice y el pulgar en el mentón, parodiando los ademanes de un intelectual—. Eso suena muy lógico.

—Ja. Qué graciosa que eres. No estoy diciendo nada de eso, me refiero a que no se murieron de viejos ni se evaporaron porque sí. Una o varias personas debieron cruzarse en su camino para que un día no volviesen más. No digo que se haya tratado de un crimen, quizá fue algún extraño accidente, algo que no me puedo figurar.

—La gente desaparece, mi amor. Es increíble que sea yo la que deba explicártelo a ti, que lidias con eso a diario.

—No estamos hablando de un abuelito con alzhéimer que un día salió a pasear y se perdió para siempre. —Tom se puso definitivamente serio y la miró a los ojos—. Hablamos de una familia entera. ¿A ti te parece lo más normal del mundo? Tú lo has dicho: yo lidio con ese tipo de cosas en mi vida cotidiana, y así y todo me llama bastante la atención. ¿Y resulta que mi novia, que nunca ha tocado un expediente policial, no se inquieta ni un poco?

Tom había conseguido que Yvette se pusiera seria

también. Ella vacilaba antes de hablar, pero el ruido de la olla interrumpió lo que estaba a punto de decir.

—El agua acaba de hervir. —Yvette recuperó su pícara sonrisa—. Voy a echar los fideos.

«Salvada por la campana», se dijo él.

5

POR FIN LLEGÓ el día en que Yvette pudo visitar «la casa de la abuela».

Había tocado una mañana resplandeciente de sol, que su implacable optimismo interpretó como un buen augurio. Cuando salió de casa, la mujer, la que otro cliente hubiese llamado señora Dupuis, pero que Yvette llamaba «mamá», ya la esperaba dentro del coche estacionado.

—Llegaste temprano —comentó Yvette mientras abría la puerta del vehículo, dispuesta a ocupar el asiento del acompañante.

—Mi trabajo me acostumbró a esperar por la gente mucho más de lo que ellos esperan por mí.

El viaje no sería fatigoso, pero tampoco del todo breve. Su madre anticipó que tardarían algo más de una hora en llegar. Yvette se ofreció a manejar durante la mitad del trayecto, ya que su madre debería estar un poco cansada de moverse de un lado a otro. Ella se negó:

—Todavía no soy una anciana desvalida como la abuela Neville —dijo y le mostró una abierta sonrisa—. Y tampoco es que vayamos hasta el otro lado el mundo, solo nos alejaremos unas buenas millas del Centro.

Apenas arrancaron, Yvette recibió la noticia de que la famosa abuela no estaría presente cuando llegaran a la casa:

—Me dijo que saldría, pero que confía en mí y prefiere que recorramos el lugar las dos solas. Si te gusta, ya habrá tiempo de contactarte con ella.

Viajaron durante más de media hora sin conversar mucho más sobre la casa —decidieron que no tenía sentido hablar de los detalles ahora, ya que pronto estarían dentro del lugar—. Yvette apenas recibió de su madre una descripción seca y formal: cantidad de ambientes, metros cuadrados y demás datos fríos de esos que figuran en las fichas de las inmobiliarias. Su madre la conocía demasiado bien, se dijo ella, sabía que si le insistía con el asunto de la desaparición de los Carson, Yvette cortaría de cuajo la conversación diciendo que no quería escuchar más nada sobre el asunto. A Tom ya se lo había dicho cuando la semana pasada intentó retomar el tema por segunda vez desde que lo discutieron en el apartamento del detective.

Hubo unos segundos de silencio, de esos que suelen ocurrir durante los viajes largos, cuando los temas de conversación se agotan. Yvette miraba por la ventana: ya llevaban unos cuarenta minutos en el coche, no debía de faltar demasiado para llegar. Ella disfrutaba el hecho de no oír ya la voz de su madre ni la suya propia; tampoco extrañaba en absoluto el permanente ruido de motores y el murmullo de los caminantes, tan típicos de la ciudad. Le gustaba el ambiente, que ya se había tornado rural, apacible. El paisaje que aparecía ante ella quizá no era digno de un folleto de empresa de turismo, no se distinguía en él nada que destacase de modo espectacular ni sedujera por sí mismo: fachadas de casas grandes alejadas entre sí; en el medio, cuadras con hileras de casas más pequeñas y, en este caso, lindantes una de la otra; negocios modestos —casi rústicos— y la visión de árboles y montañas.

Lo que más le atraía a Yvette era lo que «no había», lo que estaba ausente en el paisaje: no había edificios ni exceso de coches, ni largas hileras de personas caminando como zombis y con la mirada fija en la pantalla de sus móviles. Tampoco había visto —al menos no durante los últimos veinte minutos de viaje— rastros de los infinitos locales de comida rápida, ni del asfalto omnipresente hacía unos kilómetros atrás, ni esos colosos modernos llamados edificios, ni los tubos de escape de los buses ensuciándolo todo con sus vómitos de humo, ni el rugido de las motocicletas. Había algunos coches, sí, como el mismo en que viajaban ella y su madre, pero no existía comparación con la invasión automotriz a la que Yvette estaba acostumbrada. O, más bien, a la que no podía ni quería acostumbrarse.

En contraste, se imaginó practicando senderismo en los apacibles y extensos caminos de montaña que se desplegaban ante sus ojos. En la pantalla de su mente se vio rodeada por el césped y la vegetación, oyendo poco más que su respiración —acaso también le llegaría el sonido de los pájaros, que la sobrevolarían como ángeles guardianes.

Sacó la cabeza por la ventanilla: respiró el aire, relativamente puro, y miró al cielo celeste. Por fortuna, les había tocado un buen día y todavía brillaba el sol.

Yvette se dijo que, hoy, nada malo podía pasar.

Transcurrió otro rato y las dos iban alternando silencios y conversación. El último silencio se rompió después de que la madre de Yvette agachara un poco la cabeza, afinará la vista y le dijera a ella:

—Ahí está. Es esa casa de ahí.

Faltaban unas cuadras para llegar. En la ciudad no hubiesen visto la casa ni con binoculares, pero en ese espacio rural Yvette lograba distinguirla, aunque solo fuera de modo difuso.

Experimentaba un gran entusiasmo: le golpeaba el corazón como a una adolescente antes de la cita con el chico que le gusta. Ella misma, para sus adentros, juzgó esa reacción como exagerada: al fin y al cabo, se trataba de una casa más que iba a ver, y ni siquiera la había visto por dentro, salvo por un par de fotos. Sin embargo, no podía evitar sentirse como se sentía, igual que tampoco podría evitarlo la adolescente enamorada. Eran comportamientos que se encontraban más allá de la razón; el cuerpo actuaba por sí solo.

El coche ya se acercaba a «la casa de la abuela». Yvette ya distinguía la fachada con claridad, y le gustaba más que en las fotos. Sintió —por tonto que, una vez más, le sonara a ella misma la idea— que la simpatía era recíproca. En otras palabras, sintió que la casa también estaba contenta de reunirse, al fin, con su futura propietaria.

6

Bajaron del coche. Su madre rebuscó en el bolso hasta dar con la llave. Mentalmente, Yvette le rogaba que se apurase.

—¿Te gusta, Yvette?

Ella asintió con la cabeza sin apartar los ojos de la fachada. Era grande —tal como sabía que sería—, pero a la vez había en ella algo de humildad. Quizá se hubiese contagiado de la austeridad de la región en la que se ubicaba.

Su madre, al fin, metió la llave. Abrió.

Entraron.

En esa primera sala, Yvette se encontró con todo lo que quiso encontrarse desde que supo de «la casa de la abuela»: un suelo de exquisitos azulejos —ahora algo opacos, pero que sin duda quedarían resplandecientes con un poco de limpieza —; una suntuosa araña colgando del alto techo —su madre encendió la luz y, tras un parpadeo, las incontables lámparas irradiaron blancura—; una larga mesa de madera, acaso roble.

Clásico, elegante, tradicional, cómodo… Una sucesión de

adjetivos se agolpaba en la cabeza de Yvette, y todos resultaban ser del gusto de ella.

No pudo reprimir una sonrisa. No se dio cuenta —una vez más, el cuerpo actuando por sí solo—. Fue su madre la que se lo hizo notar:

—Tu rostro dice que te gusta lo que ves, niña. Pero no te apures, esto es apenas el principio.

El tono de voz de su madre delataba lo previsible: ella estaba mucho menos convencida de la casa que Yvette. Sin embargo, la decisión era de su hija. Le gustara o no a su madre o a su novio Tom, la única opinión realmente importante era la de ella.

Siguieron el recorrido por los ambientes. La cocina era quizá demasiado antigua —eso lo dijo Yvette en voz alta, y su madre apoyó acaloradamente el juicio—, necesitaría una remodelación.

—Ese tipo de refacciones deben incluirse en el presupuesto de compra —añadió su madre ya transformada en la señora Dupuis, la máquina de vender inmuebles en Boston y alrededores. Claro que, esta vez, no parecía tener tantos deseos de que su clienta terminara comprando la propiedad.

Al fondo de la casa había un jardín.

—Un poco pequeño, ¿no? —dijo su madre.

—Lo justo y necesario —replicó Yvette—. Aquí me bastará con abrir la puerta y ya tendré contacto con el verde, y con el cielo azul.

Se dio cuenta de que hablaba como si la compra ya fuera un hecho. Y la expresión decepcionada de su madre le reveló que ella también se había dado cuenta. Quizá en ese mismo instante se estuviese arrepintiendo de haberle mostrado la casa.

Y todo, se dijo Yvette, por una desaparición que ocurrió hace años.

«La casa de la abuela» contaba con tres piezas, cada una con una cama individual, y un dormitorio con una cama de doble plaza. En las piezas se habrían repartido respectivamente la niña y la abuela, y acaso el servicio doméstico; el dormitorio, obviamente, era del matrimonio Carson.

Eso en otros tiempos, desde ya. Antes de que todos, salvo la abuela, desapareciesen sin dejar rastro.

Yvette se alegró de encontrarse con una silla mecedora en una de las piezas, evidencia suficiente de que la abuela se había instalado allí. O al menos, solía instalarse, porque durante los últimos años tuvo toda la casa para ella. Más allá de lo simpático que le resultaba el ambiente general y el detalle de la vieja silla —Yvette no resistió la tentación de sentarse en ella y mecerse—, entendía que la señora Neville quisiera vender aquella propiedad: la combinación de soledad, malos recuerdos y una casa muy grande no resultaría grata.

Sin embargo, para alguien con los gustos de Yvette y que no tenía ningún mal recuerdo relacionado con esas paredes, la casa era una maravilla. Además, la abuela la ofrecía por un precio sensiblemente menor al del mercado. Quizá la gente de los alrededores tuviese los mismos reparos —la misma superstición— de Tom y de su madre, y por eso a la abuela le costaba mucho obtener ofertas sustanciosas.

Yvette ya fantaseaba con el uso que le daría a las habitaciones sobrantes. Se compraría una colchoneta y unas mancuernas, y se fabricaría en la más espaciosa de ellas un pequeño gimnasio. En la más pequeña cabría su biblioteca sin inconvenientes. En la de tamaño mediano... vaya uno a saber. Quizá le convendría dormir en esa. Aunque, de ser así, no sabría qué hacer con el dormitorio. Quizá, de momento, lo reservara para cuando la visitase Tom, seguro refunfuñando por el largo viaje que a partir de ahora estaría obligado a hacer. Debería quedarse a dormir los fines de semana, sería la opción más práctica para que no se pasaran más tiempo viajando a la casa de cada uno que viéndose.

La voz de su madre pinchó la burbuja de sus fantasías mentales:

—Todavía no te mostré los baños —le dijo—. No será lo más importante del mundo, pero vamos a verlos.

Dos baños para una sola persona. Eso sí que era lujo.

Los dos se mantenían en un estado aceptable, teniendo en cuenta que la anciana vivió sola por años.

—También debes considerar que necesitarás ayuda para la limpieza —dijo su madre.

—Sí, pero en cualquier casa grande el caso será el mismo. Ya conseguiré alguna empleada cerca de aquí.

La señora Dupuis dejó entrever un gesto de resignación, ninguno de sus cañonazos verbales penetraba la muralla de decisión que su hija había construido.

Y debió aceptar la conclusión que Yvette sacó de la casa:

—Es perfecta para mí, tanto en sus características como en su ubicación. Por no hablar del precio, claro. Desde ya que deberé hacerle algunas refacciones, pero no es nada grave ni urgente. Puedo ir de a pocos, al ritmo en que mi economía me vaya permitiendo los gastos.

Además de su puesto en la biblioteca, Yvette ganaba un sueldo adicional asesorando clientes vía Internet acerca de dietas, alimentación y ejercicios. Carecía de estudios formales, a excepción de unos cuantos cursos, pero se había convertido en una erudita en la materia. Tenía una página de Facebook y hasta un canal de YouTube, ambos con una cuota razonable de visitas. Todavía no podía considerar a ese emprendimiento como un trabajo que por sí mismo le bastase para vivir; sin embargo, sumado al sueldo fijo de la biblioteca, le permitía darse ciertos lujos. Un par de años de ahorro, más un crédito que tardaría un par de años más en pagar, le permitieron darse el gusto —aunque, en su fuero íntimo, ella lo consideraba una necesidad— de mudarse. Por supuesto que estaría muy ajustada hasta vender el apartamento. No sería demasiado problema: ya contaba con varios interesados. La casa sería más costosa de mantener, pero no tanto, teniendo en cuenta las diferencias de precios entre el centro de Boston y las afueras —diferencias que también se manifestaban en otros productos; por ejemplo, los víveres que vendían en las tiendas —. O sea que una vez que terminara de pagar el crédito volvería a gozar de la flexibilidad económica que tenía en ese momento. Además, era optimista respecto a su negocio como asesora deportiva, que iba creciendo a un ritmo modesto pero sostenido.

Yvette lamentó no haber tenido la chance de conocer ese día a la abuela.

—Ya habrá oportunidad —volvió a decir su madre—. Te noto muy decidida.

—Sí, mamá. La verdad es que quiero esta casa.

Su madre sonrió.

—Si a ti te parece bien, querida, a mí también me lo parece. Tienes razón, no hay que hacer tanto barullo por un hecho del pasado. Tú debes pensar en tu futuro y en tu propia historia, no en las desagradables historias de otros.

Yvette abrazó a su madre: le gustaba obtener ese reconocimiento y ese apoyo.

—Gracias, mamá. Y sí. Tengo la absoluta certeza de que seré muy feliz aquí. Este es el tipo de vida que deseo.

7

NADINE Y TOM compartían un café en el despacho de ambos. Acababan de resolver un caso con relativa facilidad.

—Te confieso, colega —dijo Nadine alzando su taza con una arrogante displicencia, compensada por su juvenil encanto—, que me aburrí bastante. ¿Acaso esta gente no sabe que el crimen es otra forma de arte? Es lo tedioso de tratar con aficionados. ¿A quién se le ocurre dejar tantas huellas?

Tom contestó entre risas:

—Nadine, no creo que nuestro culpable haya contado con el tiempo y la frialdad mental necesarios para planificar el crimen y borrar las huellas. Hablamos de un marido engañado que encontró a su mujer con las manos en la masa…

—Bueno, no precisamente en la masa, sino en algo peor…

—Sí, y que para colmo pertenecía al mejor amigo de él…

Ahora los dos se rieron con ganas. Nadine era consciente de que aquella resultaba una forma de humor cruel y que las tragedias que investigaban a diario no deberían ser objeto de risa. Sin embargo, les sucedía como a los médicos y a todo profesional obligado a lidiar a diario con la violencia y la muerte: sin una cuota de humor negro, sin poner distancia con los hechos y las personas, el trabajo se volvía insostenible.

El sonido del celular de Tom interrumpió aquellas risotadas de desahogo. Nadine ya sabía que cuando se trataba de la melodía más conocida de *El Padrino* significaba que era una llamada. Para los mensajes Tom usaba el tono preestablecido.

—Hola —dijo él ya con el aparato pegado a la oreja.

Nadine soplaba su café y observaba las expresiones faciales de su compañero. Una de las malas costumbres del oficio: la de «leer» a todo el mundo, aunque el sujeto en cuestión no formara parte de ningún caso.

—Te felicito —dijo Tom—. Estoy muy feliz por ti, mi amor —remarcó.

No había que ser detective para inferir que hablaba con su novia. Y, mirando el rostro de él, tampoco se necesitaba el entrenamiento de Nadine para advertir la discordancia entre las palabras y las expresiones. Si Tom realmente se encontraba feliz por su novia, su adusto rostro no parecía haberse enterado.

Un par de sorbos de café después, él cortó.

—¿Buenas noticias? —preguntó Nadine. Y no pudo evitar pronunciar esas palabras con un dejo de ironía.

—Yvette consiguió casa —respondió Tom. Lo dijo con la cabeza gacha, como si en lugar de referirse a una mudanza hablaran de un velatorio.

—¿«La casa de la abuela», supongo?

—Sí, mi rostro te lo dijo, ¿no?

Nadine se echó hacia atrás en la silla. Sorbió el café y dijo:

—No pasará nada, colega, no te atormentes. ¿O acaso temes que los fantasmas de la familia, que ni siquiera sabemos si murió, se dediquen a golpear cadenas durante la noche?

—Lo mismo me dijo Yvette. Las mujeres de su edad tienen la misma actitud ante la vida, parece.

—Quizá tú estás un poco viejo.

Tom alzó su taza de café:

—Quizá —dijo y se lo llevó a la boca—. ¿Recuerdas quién tuvo a su cargo la desaparición de los Carson?

—Tom, no irás a…

—Tú solo dímelo, si lo recuerdas.

Nadine lo pensó un momento:

—La sargento Caspian —afirmó con la seguridad de quien confía en su memoria—. Ella tenía tu cargo en aquel momento. Caspian dirigió la revisión del lugar, peldaño a peldaño, y también la posterior investigación. Es muy confiable.

—Lo sé. —Tom asentía con la cabeza—. Lo sé, es una gran profesional.

—Era, hasta que se retiró.

—Era, cierto.

Hubo unos segundos durante los cuales se pudo oír el café pasando por las gargantas.

—Ahora debe tener mucho tiempo libre —dijo Tom—. Quizá no le moleste la visita de un compañero de profesión.

—¿Acaso piensas que Peter Carson, su mujer y su hijita siguen ahí, encerrados en sus féretros a lo Béla Lugosi?

—No seas tonta, claro que no pienso eso. Simplemente, el caso volvió a despertar mi curiosidad. Al fin y al cabo, es mi novia la que va a vivir ahí, lo que significa que yo también pasaré un buen tiempo en esa casa.

—Si hay suerte, pasarás ahí toda la vida…

Nadine lo miró con picardía detrás de su vaso.

—Bueno, volvamos al trabajo —dijo Tom esquivando los ojos de ella.

8

Yvette esperaba a Tom en su apartamento. Miraba las paredes del lugar, consciente de que pronto no las vería más. A la famosa «casa de la abuela» ya no se la llamaría más así. En breve se convertiría en la casa de Yvette.

Desde el viaje de vuelta, junto con su madre, que no paraba de fantasear con las refacciones que haría. La cocina sería uno de los ambientes más modificados, a excepción de una vieja estufa que le encantaba precisamente por eso: por lo vieja.

Sonó el timbre. Yvette bajó a abrirle a Tom —siempre usaba las escaleras, como buena amante del ejercicio—.

Ya abajo, lo recibió con un abrazo y un beso.

—Qué felicidad —dijo él.

—No es para menos. Ven, subamos.

Subieron, otra vez por las escaleras.

Adentro, y mientras preparaba la ensalada de verduras y pollo, Yvette le contó a su novio del viaje con su madre, de las bondades de la casa, de las refacciones que pensaba hacerle y del futuro que se imaginaba viviendo en ella. Respecto a aquel futuro, y para una mayor comodidad del involucrado, no hizo ninguna incómoda mención al papel que Tom podría desempeñar en él.

—¿Cuándo te reunirás con la señora Neville? —le preguntó Tom.

—¿Con la famosa abuela? Mi madre me dijo que lo arreglará con ella, y en los próximos días me llamará para confirmarme el día y la hora.

—¿Será en la casa misma o simplemente se encontrarán en una oficina para cerrar el contrato?

Yvette advirtió la expresión inquisitiva de su novio:

—¿Acaso me está usted sometiendo a un interrogatorio, detective Harrison?

A pesar de la sonrisa cómplice que le ofrecía ella, Tom se mantuvo serio:

—Disculpa, no era mi intención. Es que...

—Realmente no sé qué les sucede a ti y a mi madre, parece que se hubieran conjurado. —Pese a su interrupción, Yvette intentaba responder en un tono firme y a la vez calmado, sin alterarse más de la cuenta. Solía decirle a sus clientas virtuales que el estrés dificultaba las funciones del organismo, y que influía tanto en la salud como en el semblante. Se obligó a seguir sus propias recomendaciones—. ¿Tanto escándalo por una familia que desapareció? No dudo de que sea un hecho desagradable, pero han ocurrido hechos desagradables en cada metro cuadrado de esta ciudad.

—Estoy de acuerdo, Yvette. Es solo... Bueno, no es algo que pueda explicarte.

—Una vez más el señor detective mostrando su apego a la razón. —Yvette se le acercó, se sentó en sus rodillas, le pasó la mano por la espalda y le dio un beso—. No pasará nada, amor. Estaré bien. Y tú también estarás bien, si es que no te aterra ir a visitarme...

—No seas tonta, Yvette.

—Buhhh... —Yvette se había parado, y con las manos gesticuló una parodia fantasmal—. ¡Los Carson están aquí, y han vuelto para vengarse!

Sin echar a perder el tono jocoso de la charla, Tom hizo un ademán de que no valía la pena seguir hablando del asunto.

Minutos después el detective se devoró la ración de ensalada que le sirvió su novia. Como conocía los hábitos de Yvette, excesivamente saludables para su gusto, había tomado la precaución de comer unos bocadillos antes de salir hacia el apartamento, por lo que no se quedó con hambre.

De hecho, tenía las energías suficientes para insistir con el tema de la casa. Aunque esta vez no cuestionó la decisión de Yvette, sino que le dijo que le gustaría acompañarla cuando le diera otro vistazo y quizá concretara la operación.

—Eres curioso, detective —respondió ella.

—La curiosidad es mi oficio.

Se notaba que, a pesar de todo, a Yvette la satisfacía que él se ofreciese a acompañarla. Al fin y al cabo, era su deber como pareja acompañarla en los hechos importantes de su vida, incluso si ponía reparos ante algunos de ellos. Sí, se dijo Tom, así pensaba Yvette, y en eso se asemejaba a la mayoría de las mujeres.

9

En la comisaría, durante otra jornada de trabajo, Tom averiguó el número actual del domicilio en el que la sargento Caspian pasaba su retiro. La llamó, pero no atendió nadie.

Nadine había encendido la cafetera. Estaba revisando el expediente de un caso, además de observar el rostro casi compungido de su colega.

—¿No había nadie? —le preguntó.

Tom negó con la cabeza:

—Vaya uno a saber cómo es la vida de Caspian desde que se ha jubilado. Quizá se dedica a viajar por el mundo.

—O esté recorriendo Europa en este momento. Aunque no creo que el sueldo de policía alcance para tanto.

Tom resopló.

—Te preocupas mucho —volvió a decir Nadine, poniéndose de pie para ir hacia la cafetera—. Tu novia se va a mudar a una casa en las afueras de Boston, no se va a ir a una zona de guerra ni al castillo de Drácula.

—Sí, lo sé. Sé que mi preocupación es exagerada e irracional. Y, así y todo, no puedo evitarlo. Tú deberías entenderme.

—¿Yo?

Nadine ya tenía en la mano dos tazas de café. Le acercó una a Tom.

—Sí, tú —dijo él—. ¿Cuántas veces has tenido corazonadas durante un caso? ¿Cuántas veces yo te apoyé a la hora de seguir esas corazonadas, incluso cuando los indicios podrían habernos orientado hacia otra parte? Pero te apoyé porque yo valoro la importancia de la intuición: sabes que yo mismo, al igual que tú, he resuelto casos de ese modo.

—Sí, no te puedo negar eso. Sin embargo, esas corazonadas siempre han tenido asidero en algún dato sólido. Si surge algo así, no tengas dudas de que te daré mi apoyó y te ayudaré a investigar lo que haya que investigar respecto a la casa. Pero todavía no hay ningún indicio real de que existan problemas en el presente, más allá del pasado de la casa. Por eso te recomendaba que no te preocuparas tanto.

—Sí, trataré de relajarme. Quizá es un vicio profesional. Trato todo el día con crímenes y quiero verlos donde no los hay.

—Es posible.

—Espero, por una vez en la vida, que la intuición me falle.

Esa misma noche, ya en su apartamento, Tom recibió una llamada de Yvette:

—Hola, mi amor —le dijo ella con la voz llena de entusiasmo—. Mi madre habló con la señora Neville. Nos recibirá mañana en la mañana en su casa.

—¿Ya realizarán la operación?

—En realidad, mi madre me convenció de hacer un arreglo con la abuela Neville: habló con ella y le dijo que a mí me gustaría instalarme en la casa unos días y ver qué reparaciones podría hacerle. Le daría un pequeño adelanto del dinero por la molestia. La señora Neville ya tiene donde vivir, así que no habrá problema.

—¿Sí? ¿Y dónde va a vivir?

—Recuerda que ha heredado dinero. Sumada a lo que reunió durante estos años, ya que es una anciana que gasta poco y ahorra bastante, la cifra le permitió comprar un apartamento muy austero, según me comentó mi madre. —El tono de Yvette pasó de la casi euforia a una cierta melancolía: ella era muy empática, aunque no hiciera gala de ello ni condescendiera al sentimentalismo. Ese tipo de cualidades, cuando afloraban, le recordaban a Tom por qué estaba con ella y por qué la quería tanto.

—Se ve que estaba apurada por irse —dijo él.

—La pobre también le confesó a mi madre que, aunque un gran afecto la unía a esa casa, cada vez se le hacía más difícil convivir con los malos recuerdos. Los Carson y su hijita Sarah, nieta de la señora Neville, eran una ausencia, pero una ausencia que se notaba… ¿Cómo decirlo?

—Una ausencia presente.

—Eso, mi amor. Eso. —Yvette recuperó el tono jocoso—: ¿Nunca te dijeron que, de no haber sido detective, podrías haberte dedicado a la poesía?

Minutos después Tom se despedía y cortaba. Quedaron en que Yvette lo pasaría a buscar en coche, junto con su madre, al otro día a las diez de la mañana.

Él se imaginó a la señora Neville sola entre los fantasmas de su familia desaparecida. Empezaba a sentirse un poco estúpido por discutir la elección de su novia de mudarse a esa casa. Estúpido y también culpable.

No, la vida no era un caso policial: a veces la vida era feliz. A veces los deseos se cumplían. Las cosas salían bien y punto.

Se dijo que, sin lugar a dudas, el trabajo lo había vuelto un tipo paranoico. Temió que el repetido contacto con la violencia y el sinsentido lo terminaran amargando.

Quién sabe, quizá necesitara envejecer al lado de alguien vital y optimista.

Alguien como Yvette.

Lo recorrió un escalofrío. Decidió ir a bañarse enseguida, como si quisiera sacarse de encima sus pensamientos de compromiso. A veces la perspectiva de casarse le provocaba más miedo que los mismísimos delincuentes con los que a menudo debía lidiar.

10

TOM YA ESTABA LISTO, bañado y perfumado, cuando oyó los dos bocinazos que vinieron de afuera.

Salió al encuentro de las dos mujeres: su novia, y aquella otra a la que le daba cierto pudor —o temor— llamar suegra. No por la mujer en sí —debía admitir que, al menos hasta ahora y en el estado actual del vínculo entre ellos, la señora Dupuis era muy amable, razonable y simpática—. Lo que temía, en todo caso, eran las implicaciones de utilizar epítetos familiares.

Tom saludó a la señora Dupuis a través de la ventanilla. Ella iba en el asiento del conductor y su hija en el otro. Tom se resignó a que hoy le tocaba el asiento trasero, como a los niños, y subió al auto.

Después de unas palabras de saludo, la señora Dupuis arrancó el vehículo.

El viaje transcurrió apacible, aderezado por una charla ligera y casual. La radio ayudó, brindado temas de actualidad que a su vez generaban comentarios. De todos modos, Tom se cuidó de esquivar cualquier tema urticante y matizó las pocas opiniones que se vio obligado a dar.

Ya llegaban a la casa. A través de una ventana —y emborronada por una película de suciedad— se entreveía la figura de la señora Neville.

—Está a la espera, como un vigía —dijo la señora Dupuis en tono de broma.

—Pobre señora —respondió Yvette—. Debe aburrirse espantosamente.

—Por eso —volvió a decir la señora Dupuis— aplazaré mi jubilación lo más que pueda: el tiempo libre destruye a las personas.

—Mamá, recuerda que a la señora Neville le sucedió algo mucho más terrible que la jubilación…

—Cierto, hija, cierto. Yo hablaba en general.

Tom advirtió que Yvette defendía a la señora Neville como si en verdad se tratara de su abuela.

Mientras la señora Dupuis estacionaba, la señora Neville salía a recibirlos. Vestía ropa modesta, de entre casa. En un primer vistazo, a Tom no le pareció una mujer que padeciese una mala salud, más allá del andar lento, la tendencia a doblar la columna y los achaques propios de su avanzada edad. Sí lucía una expresión seria y un rostro de arrugas pálidas. Al acercarse para recibirlos, sonrió, acaso con algún esfuerzo.

—No se moleste —dijo la señora Dupuis, que acababa de cerrar su puerta—. Ya vamos nosotros hacia allí.

La señora Neville no dijo nada, pero detuvo su andar. Se quedó de pie, en un silencio riguroso, con una sonrisa… Esas sonrisas un poco extraviadas que delatan o anticipan el alzhéimer, o al menos cierta debilidad mental. Una vez más, nada atípico en una persona mayor, y más si se consideraba el trauma que la pobre abuela había vivido. Tom se dijo que así como uno se recupera mejor de un esfuerzo físico a los veinte años que a los sesenta, tampoco se asimila igual una desgracia a esa diferencia de edades. Tom había visto el fenómeno en casi todos los ancianos, incluso en sus abuelos —el último, fallecido dos años atrás—. Llegaba un momento en que se dejaba de vivir hacia adelante y la vida se convertía en un constante rebobinar. Los viejos parecen «avanzar hacia el pasado»: lo único que conocen del porvenir, que siempre es incierto para todos, es que nada tendrá para ofrecerles.

Pensando en esto, Tom sintió cierta tristeza, pero también algo de envidia. La gente mayor no estaba sometida a las ansiedades, incertidumbres y frustraciones de la gente más joven. Ya todo había sucedido, para bien o para mal.

Todo, salvo ese instante tan temido: el último aliento, el que precede al helado viaje hacia vaya uno a saber dónde.

Después de los respectivos saludos —Yvette la abrazo con particular entusiasmo—, la señora Neville los invitó a pasar.

Al fin, Tom Harrison conocería la famosa casa de la abuela.

11

—A MÍ ME PARECE BIEN —respondió la señora Neville después de que la madre de Yvette le hubiese recordado los términos de lo anteriormente convenido—. Me parece muy bien que esta bella joven —continuó mientras miraba con ternura a Yvette— revise la casa, se acostumbre a ella, vea si es el lugar en el que quiere formar un hogar. Un hogar es lo más importante que uno puede tener, sí. El hogar y la familia son lo más importante.

Tom apartó la mirada, la situó lo más lejos posible de su novia y de su suegra —para sus adentros sí se atrevía a llamarla así—. Sus ojos fueron a parar, sin que él tuviese la intención, en una pequeña escultura, semejante a los duendes de jardín. Juzgó de mal gusto tener algo así adentro de la casa, aunque quizá solía estar afuera cuando los Carson vivían. O, mejor dicho, cuando no habían desaparecido.

Porque un desaparecido es un ser que persiste en un estado indeterminado, ni vivo ni muerto. Así que, a pesar de las bromas de Yvette, no le faltaría razón a quien afirmase que —en ese sentido— los Carson eran fantasmas.

Justo pensaba en ello cuando, mientras las mujeres hablaban, él posó sus ojos en otro lugar:

Allí donde estaba la mecedora.

Experimentó un leve escalofrío. La mezcla de los fantasmas que él evocó en su mente con la arcaica visión de la silla le produjo el sentimiento de hallarse dentro de una película de terror. Esta era la parte en que los nuevos propietarios de la casa la adquirían por un precio más económico de lo normal y... Y después ya se sabía cómo terminaba el asunto. Tom incluso se preguntó que pasaría si en ese preciso momento él —y nadie más que él, la única persona que miraba hacia allí— viese que la silla se movía sola. Efectivamente, la silla comenzaba a mecerse a sí misma, de la nada, sin viento ni ventana que lo dejase entrar, sin excusas basadas en las leyes de la naturaleza. ¿Tom se lo diría a Yvette? ¿Ella acaso le creería? No, seguro que no, no le daría ni el más mínimo crédito. En el mejor de los casos se limitaría a burlarse de aquella afirmación y le diría que estaba demasiado sugestionado respecto a la casa. En el peor de los casos lo acusaría de inventar la más delirante estupidez con tal de disuadirla de comprar la propiedad. Ninguna de las alternativas, a decir verdad, se le antojaba a Tom muy alentadora.

Pero lo cierto era que la mecedora continuaba en su convencional inmovilismo, y él sintió que la sensación de estupidez crecía hasta límites insospechados. ¿A qué demonios venía pensar en todo eso? Una cosa era una mala corazonada, y otra muy diferente la tontería pura. A Yvette no le faltaba razón: demasiada fantasía para tratarse de un detective, un hombre que resolvía los problemas mediante la indagación y el pensamiento analítico. Sin embargo, durante su trayectoria, Tom había visto cosas que lo llevaban a dudar...

—¿Vienes, mi amor?

La voz de Yvette lo devolvió a la realidad. La miró con cara de no entender.

—A la cocina —dijo Yvette algo perpleja, quizá decepcionada por la evidente falta de atención que su novio puso a la charla—. Seguro que a ti también te apetece un bocadillo.

Las dos señoras —la señora Dupuis y la señora Neville— se habían adelantado. Tom las siguió, junto con Yvette, hasta el otro lado de la casa.

~

Tom no podía creer que Yvette no solo hubiese aceptado gustosa, sino que elogiara con tanta vehemencia los bocadillos con masa y membrillo que la señora Neville acababa de servirle. Por lo regular, Yvette hubiese preferido tirarse de un barranco antes que meterle a su cuerpo esa desaforada cantidad de azúcar. E incluso Tom pensó que aquellos dulces, si bien tenían un innegable buen sabor, a su estómago le sentarían tan livianos como una piedra.

Yvette no parecía muy interesada en revisar la casa: no tenía que ser un detective para advertir que ella ya había tomado la decisión de mudarse allí, y que nada en el mundo la haría cambiar de parecer.

Sí mostraba un mayor interés en la señora Neville. Aunque, por supuesto, ni a Yvette ni a su madre se les ocurrió llevar la conversación hacia temas complicados y dolorosos... Hablaron de la casa como objeto arquitectónico, dejando aparte cualquier sentimentalismo. En realidad, la señora Dupuis era quien monopolizaba la conversación desde hacía unos minutos: informaba y aconsejaba a su hija, pero a menudo miraba hacia otra parte. El ruido de la tetera al hervir interrumpió el monólogo. La señora Neville, con lentitud, se ponía de pie para servir el té a sus invitados.

~

Ya habían terminado de comer sus bocadillos y de beber el té. Ahora se hallaban los tres paseando por la casa. Sin embargo, Tom había perdido toda esperanza de encontrar algo..., algo que...; para ser sincero consigo mismo, la verdad era que no sabía qué pretendía encontrar. ¿Fantasmas moviendo cadenas, como había bromeado Yvette a su costa?

Ella tenía razón, todo aquello de sus corazonadas resultaba ser una tontería. Quizá le funcionara en el trabajo, cuando se enfrentaba a casos que implicaban a gente desconocida. Sin embargo, resultaba muy diferente aplicarlo a la vida privada, y mucho menos cuando la involucrada era su pareja. Y él, si bien no pondría en peligro a su novia, se dijo que sí le hacía un flaco favor enturbiando el disfrute de ella con sus paranoias.

Poco a poco, y decido a cambiar de actitud, Tom se fue relajando. Disfrutaba de contemplar la alegría brillando en los ojos de su novia. Ella lo miró, justo en aquel momento de disfrute, y le regaló una amplia sonrisa. Fue como hubiese adivinado sus pensamientos.

Y Tom se dijo que incluso si sus malas intuiciones respecto a la mudanza tuviesen algo de razón, y aun si no se terminaran apaciguado por la evidencia, no tenía ningún sentido que él insistiese en poner reparos: la decisión estaba absolutamente tomada. Sabía muy bien que cuando a su novia se le metía un deseo en la cabeza no había hueste de ángeles ni horda de demonios capaz de impedir que lo concretara. Le gustara o no a Tom, y al resto del mundo, la casa de la abuela Neville pasaría a ser la casa de Yvette Dupuis.

Y no había nada que discutir.

PARTE II

DETRÁS DE LAS PAREDES

12

DÍAS DESPUÉS, un viernes, Yvette se mudó a la casa de la señora Neville. Empezaban los «días de prueba» durante los que su madre comenzaría los trámites, pero Yvette aún estaría a tiempo de interrumpirlos si surgía cualquier inconveniente. Al final, según le contó su madre, la señora Neville se alojaría en la casa de su hermana, en la ciudad.

—Pobre mujer —dijo Yvette en voz alta, y el solitario sonido resonó entre aquellas paredes—. Su hermana debe de ser la única familia que le queda.

Lo cierto es que de haber sido por Yvette, ella hubiese finalizado la transacción lo más rápido posible: la amabilidad de la señora Neville al aceptar el inusual período de prueba como parte del trato no hacía otra cosa que aumentar la simpatía que Yvette sentía por la anciana.

Tom estaba en camino. Le dijo que quería ver la casa por mera curiosidad de detective. Yvette aceptó, no sin antes obligándolo a prometer que no pronunciaría ni un solo mal augurio; ella no quería que nada empañase ese maravilloso momento de su vida. Tom le aseguró que ya había abandonado esas dudas al pisar por primera vez la casa y conocer a la señora Neville.

Por supuesto que Yvette había llamado también a un arquitecto. Lo citó para dentro de tres días, tiempo que usaría para observar detenidamente el lugar y proyectar en su cabeza todo lo que le gustaría cambiarle.

Ahora se hallaba en la cocina: el ambiente que menos le gustaba, a excepción de la vieja estufa. Debería revisar folletos y elegir una cocina nueva, más moderna y a la vez con cierto estilo tradicional.

Caminó hasta el salón. Estaba allí desde la mañana, y ya eran las cuatro de la tarde. Después de acomodar las pocas cosas que trajo con ella —el resto las llevaría cuando la transacción se completara— no había hecho otra cosa que caminar por la amplia casa, observando los rincones con la misma atención que Tom le dedicaría a la escena de un crimen. Era consciente de que debería limpiar, pero le daba pereza ponerse ahora a ello.

Por desgracia, la señora Neville no contaba con un servicio de Internet. Yvette se arreglaría con la red del móvil. Ya había dado aviso a sus clientes de que durante la próxima semana quizá no tuviera la disponibilidad habitual para las consultas.

Aunque se tomó el día, seguía trabajando en la biblioteca, a pesar de la enorme distancia. No podía darse el lujo de abandonar ese empleo justamente ahora, con los gastos que debía afrontar. Una de sus prioridades sería la de conseguir un empleo que le quedara más cerca de su nuevo domicilio.

Observaba el salón y se decía a sí misma que debía cambiar una cosa aquí, otra allá… La decoración, desde ya, la renovaría a su manera.

Iba a subir por enésima vez a las habitaciones cuando sonó el timbre. Seguro que era Tom.

~

Antes que cualquier otra cosa, Yvette y Tom probaron la cama de la señora Neville.

—Este sí es un buen modo de comprobar cuánto resiste una estructura —dijo él, acostado, aún un poco agitado pero sonriente—. Quizá podamos repetir el test en otras partes de la casa.

—Tranquilo, casanova, que ya habrá tiempo. —Yvette también estaba acostada, y también sonreía—. Me alegro de que hayas recuperado el buen humor.

13

TOM SE DESPERTÓ y tardó en reconocer la cama en donde estaba. Después recordó que era sábado y que comenzaba el fin de semana que pasaría junto con Yvette en la casa de la señora Neville.

«Debo dejar de llamarla así» —se dijo—. «Pronto, por raro que me suene, será la casa de mi novia».

Tardaría en acostumbrarse a que Yvette viviese en una casa célebre por la desaparición de una familia entera. Pero ya había pensado demasiado sobre ese turbio pasado y era hora de mirar hacia adelante.

Yvette no estaba en la cama con él.

«El entusiasmo se ha apoderado de ella: seguro que ya está caminando de nuevo por la casa, pensando qué modificaciones hacerle y cómo distribuirá sus cosas».

Después de vestirse y bajar las escaleras, Tom descubrió que había acertado. Con ayuda de una cinta métrica Yvette estaba midiendo las dimensiones de las paredes del salón.

Oyó sus pasos sobre los escalones y volteó para mirarlo:

—Hola, amor. Veo que no has tenido problemas para dormir.

—En absoluto. —Tom se acercó a ella, la tomó de la cintura y le dio un beso. Después, mirando las paredes, dijo—: ¿Qué piensas hacer allí?

—Libreros —contestó Yvette—. Llenaré estas paredes de libreros.

—Qué chica tan lista. Me parece muy bien.

—Recién empezaba. ¿Quieres ayudarme, mi heroico y caballeroso novio? Tú eres más alto y te será más fácil.

Yvette le extendió la cinta métrica. Tom asintió con la cabeza y la tomó.

—De todos modos, creo que necesitaré una silla a la que subirme.

—Voy por ella.

Yvette fue por la silla. Tom se quedó mirando la pared, en silencio, como si interrogara a un sospechoso.

Yvette regresó: sostenía con las dos manos un angosto banco de madera.

—¿Bastará con esto?

Tom asintió con la cabeza.

—Ya que te obligaré a trabajar para mí —volvió a decir ella—, creo que debería al menos prepararte un té. Tengo de manzanilla, de boldo…

—¿Acaso tendrás café? —interrumpió Tom. Sabía que, de no hacerlo, le esperaría una eterna lista de variedades de té, cada vez más exóticos. Yvette los nombraría todos, salvo quizá el té común y corriente.

—Yo no, pero la señora Neville dejó un poco en la despensa.

Tom le agradeció mentalmente a la señora Neville mientras Yvette se retiraba de nuevo a preparar el café.

Subiéndose y bajándose del banco según lo necesitara, Tom comenzó a medir las paredes. Anotaba las magnitudes en el papel que Yvette había dejado a su alcance.

Todo estaba correcto.

Tocó el turno de medir las habitaciones. Tom no necesitaría el banco, así que lo dejó allí abajo. Yvette acababa de regresar y le alcanzó la taza de café humeante. Subieron los dos juntos.

Yvette se ofreció a relevarlo en el trabajo, pero Tom le dijo que no había problema. El verdadero problema surgió cuando Tom midió las paredes de las dos habitaciones contiguas. Se suponía que eran, en realidad, los dos lados del mismo muro; en otras palabras, una sola construcción que conformaba la pared derecha de una habitación, y la pared izquierda de la otra. Sin embargo, las medidas no resultaron ser exactamente iguales.

Sosteniendo el bloc de notas, Tom dijo:

—Aquí debo haber cometido algún error. Las mediré de nuevo.

Pero los resultados fueron exactamente los mismos. Sosteniendo el bloc de nuevo ante sus ojos, Tom se rascaba la nuca con la mano libre.

Yvette no comprendió del todo a qué error se refería su novio, así que le preguntó cuál era el problema.

—No tiene sentido —respondió él—. Son dos paredes contiguas, las dos caras del mismo muro. Y, así y todo, una mide unos centímetros de ancho más que la otra. Pensé que era un error de mi parte, pero has visto que acabo de tomar las medidas una segunda vez y los resultados fueron idénticos.

—Si te hubieses equivocado dos veces, no lo hubieses hecho por el mismo margen.

—Exacto. Es mucho más razonable creer que, en efecto, las paredes no son exactamente iguales. —Tom lo meditó unos segundos. Yvette lo esperaba en silencio—. O quizá...

Se interrumpió y se llevó la mano a la barbilla.

—¿Quizá qué? —dijo Yvette—. No le pongas tanto suspenso...

—Quizá este listón... —Tom acercó la mano a un listón de madera que recorría verticalmente la pared. Lo sostuvo y aplicó un poco de fuerza, como si intentara arrancarlo—. Quizá lo pusieron para disimular ese error en las proporciones.

—Nunca falta el arquitecto que equivoca los números, o el albañil descuidado que no construye como se debe.

Por el tono de voz de su novia, Tom advirtió que ella intentaba restarle importancia al asunto. Acaso tuviera razón, se dijo, y no fuera nada. Pero, a él, su carácter y su oficio lo impelían a llegar al fondo del asunto. Y tratándose de los misterios de una pared, la palabra «fondo» adquiría un matiz bastante literal.

Además, había otra fuente de sospecha, que le comunicó a Yvette.

—Yo no soy un experto en construcciones, pero no me parece un error muy habitual.

Tom intentó arrancar el listón, ahora con más fuerza. Le fue imposible. Le dijo a la desconcertada Yvette:

—Iré al coche a buscar las herramientas que siempre llevo en el baúl.

—¿Estás seguro? Recuerda que esta todavía no es mi casa. No sé si deberíamos modificar algo...

—No te preocupes: si esto es apenas un error, volveré a dejar todo como lo encontramos.

Yvette asintió con la cabeza en silencio. Tom vio en su mirada una enternecedora mezcla de resignación y de inquietud. Se acercó y le dio un beso.

—Ya vuelvo —dijo en un susurro—. No te preocupes.

14

MIENTRAS ESPERABA POR SU NOVIO, la cabeza de Yvette era un hervidero de contradicciones. Por un lado, la fastidiaba la situación. No sabía si el verdadero motivo de fastidio era esa incongruencia en las paredes o el hecho de que Tom le diese tanta importancia. Quizá, se dijo, le molestaba enfrentarse a una imperfección —por mínima que fuera— de aquello que tanto había idealizado hasta el momento. Se asemejaba a una niña pequeña que descubre una partícula de suciedad en la blanca y radiante mansión de su muñeca Barbie.

Por otra parte, la inminencia de algún tipo de enigma la estimulaba: no podía evitar sentir que acaso participaría de una historia semejante a las novelas de detectives que tanto le gustaban. Hasta se le ocurrió pensar que, en el fondo, la historia de los Carson no solo no había significado ningún impedimento para que ella deseara vivir en esa casa; por el contrario, era uno de los mayores estímulos. ¿Qué novela de detectives puede echar a andar sin el motor de un misterio inconcluso?

Tom regresó con la caja de herramientas y la apartó de esos pensamientos.

Se puso a trabajar.

No demoró demasiado. Bastó con hacer un poco de palanca y el listón fue cediendo hasta caer al piso.

Yvette se había quedado a un costado, sentía que Tom acababa de dejar de ser su novio y estaba cumpliendo su rol policial, estaba requisando «su» casa, metiendo las manos en su inviolable hogar. Durante unos segundos, aun consciente de lo irracional de ese sentimiento, experimentó cierto enojo.

Pero poco le duró: el rostro sorprendido que Tom mostraba provocó una gran sorpresa en ella misma.

—¿Qué sucede? —preguntó dando un único paso hacia donde él se hallaba.

Casi sin apartar los ojos de la superficie que hasta hacía unos segundos cubría el listón, Tom se agachó y metió la mano en la caja de herramientas apoyada sobre el suelo. La movió hasta dar con su pequeña linterna. Una vez que se paró de nuevo iluminó hacia allí a donde miraba. Y la sorpresa creció aún más en su rostro.

—Acércate, mi amor. Ven a ver esto por ti misma.

Yvette lo hizo. Y se encontró con un escenario perturbador.

El listón arrancado había dejado ver una grieta, por la que se podía observar un hueco entre las dos paredes. El haz de la linterna destacaba unas manchas que o bien eran de pintura roja, o… Había también unos trapos manchados del mismo color rojo.

—Si esto es lo que creo que es… —dijo Tom. Evidentemente, él se contenía. De hecho, ninguno de los dos quería pronunciar la palabra «sangre».

—No parece haber ningún… gran bulto allí dentro —volvió a decir Tom.

Yvette tradujo mentalmente: él le quería decir que allí no había cadáveres. O, en términos más específicos, quería decir que allí no estaban los cadáveres de los Carson.

—Sin embargo, Yvette, debo llamar al equipo forense de la estación. Estos trapos deben ser examinados, igual que esta... construcción.

Yvette asintió. Se había evaporado el irracional enojo contra Tom. Ahora lo amaba más que nunca. ¡Su propio detective comenzando una investigación en su casa!

Bueno, en realidad no, aquella todavía no era su casa...

Tom, ajeno a los pensamientos de su novia, seguía hablando:

—Llamaré al personal especializado para que registre este sector, y probablemente la casa entera. También hablaré con... —Tom estuvo a punto de nombrar a la sargento Caspian, pero se rectificó a tiempo. Se dio cuenta de que, si mencionaba datos específicos, Yvette podría sospechar que él ya había estado indagando sobre el viejo caso—. Averiguaré qué agentes estuvieron a cargo de investigar la desaparición de los Carson y les pediré detalles sobre las viejas revisiones. También, obviamente, recurriré a los archivos.

—No crees que... —A pesar de la amarga noticia, Yvette se sintió ante una oportunidad única. Le costaba pedirle a Tom lo que le estaba por pedir, pero al fin logró expulsar las palabras—. Quiero decir, como potencial compradora de la casa y dado que acabamos de descubrir esto juntos, yo podría echarte una mano...

Tom sonrió y se acercó a su novia. La tomó con suavidad de los brazos y le dio un beso en la frente.

—Mi amor, sé cuánto te interesa el oficio detectivesco, y sabes que me gusta conversar contigo de algunas cosas de mi trabajo. Pero esto no es un juego ni una novela de detectives: cuando haga un par de llamadas se convertirá oficialmente en un asunto policial, y no puedo invitar a participar en esto a mis seres queridos. Esto es diferente a pedirte que me acompañes a una fiesta de cumpleaños…

Yvette no pudo disimular la decepción en su rostro: miraba al piso mientras su novio la abrazaba.

—Lo siento —dijo Tom, consciente de que aquello había sido como negarle a un niño la entrada a Disneylandia. Sin embargo, Yvette ya no era una niña, y tenía que entender—. Ahora permíteme ir abajo a hacer un par de llamadas. Por favor, no toques nada de lo que tenemos aquí. Cuanto menos contaminemos la escena, más fácil será el trabajo de los peritos.

Yvette miró cómo su novio detective bajaba las escaleras, una vez más, rumbo a la aventura. Una aventura que no viviría junto con ella, sino con otros. Seguro, se dijo, que una de las llamadas que haría la dirigiría a Nadine, su compañera inseparable. Sí, eran como Batman y Robin. Algunas veces Yvette había intentado explicarse a sí misma ciertas oleadas de celos que —no siempre, pero sí a veces— la invadían cuando él nombraba a su colega. Había llegado hacía tiempo a la conclusión de que no se trababa de los celos comunes proyectados sobre los compañeros de trabajo, esos que padecen casi todas las parejas. Yvette no sospechaba que Tom pudiese enredarse en una aventura con Nadine: suponía que si eso hubiese estado destinado a suceder, ya habría sucedido mucho antes. No, lo que en verdad la ponía celosa era que Nadine tuviese acceso a «su» detective, que ella sí conociese ese lado de su novio.

Yvette no trabajaba como detective ni se había capacitado para eso; Nadine, en cambio, sí había seguido ese camino, igual que Tom. Y, así y todo, esa certeza no impedía que cada tanto —como le sucedía ahora— volviesen esas oleadas, el escarabajo de los celos horadándole la piel, tornándole la carne de gallina.

Como fuera: una vez más, Nadine se llevaría a «su» detective, el brillante Tom Harrison.

15

NADINE no se podía creer lo que Tom le contaba por teléfono.

—Esto sí que es una sorpresa... —dijo—. La próxima vez guardaré más respeto por tus delirios paranoicos.

—Corazonadas, Nadine. Recuerda que las llamamos corazonadas.

Nadine lanzó una risita. Dijo:

—Me imagino que una parte de ti estará contenta: si esto resulta estar tan podrido como huele, me cuesta imaginar a tu novia mudándose allí.

—Para serte honesto, el asunto no me provoca ninguna satisfacción. Por el contrario, me apena verla a Yvette así. Ella estaba tan entusiasmada, y yo empezaba a aceptar y hasta a disfrutar el hecho de que se mudara a la casa de la abuela Neville. Me estaba convenciendo la idea de que el pasado nada tenía que ver con el presente, y deseaba que no se cumpliesen mis malos augurios.

—Te entiendo, Tom. A veces uno desea estar equivocado.

Tom le dijo que se verían el lunes, en la comisaría, y seguirían discutiendo el asunto. Le pidió que, si contaba con tiempo, adelantara las averiguaciones pertinentes respecto al caso: a quienes se interrogaron y qué habían declarado exactamente, qué tipo de requisas se efectuaron sobre la casa, qué conclusiones arrojó la investigación general.

—La semana que viene —agregó Tom— quisiera contactarme con la sargento Caspian. Había desistido de hacerlo, pero ahora resultaba imperativo.

—También podríamos hacerle una visita a Evelyn Neville —dijo Nadine—. Me gustaría que escuchemos su declaración nosotros mismos.

—Me has leído la mente. Justo eso era lo que iba a decirte.

Nadine le dijo que ella se encargaría de enviar a los peritos hacia la casa. Se despidieron. Tom cortó.

Nadine lamentó la desdicha de la pobre Yvette, que por extensión representaba una desdicha para Tom. Sin embargo, le entusiasmaba la perspectiva de retomar un caso que había conmocionado a la opinión pública en una época en que ella era prácticamente una adolescente. Nadine recordaba haber oído hablar en los medios de comunicación de «la casa de la abuela» como si se tratara de la mansión de Amityville o Hill House, o cualquiera de esas casas embrujadas.

Ahora, se dijo, formaría parte activa de la investigación. Tenía entre manos un caso de leyenda.

Yvette había observado a Tom desde el pequeño balcón del piso de arriba, como si incluso el modo en que un detective hablaba por teléfono tuviese algo de excepcional. Ahora, de nuevo en la habitación, estaba frente a esa grieta en la pared —que se le antojaba una hendija hacia lo oculto, una especie de portal a una dimensión acaso terrible—. Trataba de que su mirada alcanzara el interior de esa oscuridad —oscuridad literal y metafórica—, trataba de ver más allá. Tom le había dicho que no tocara ninguna evidencia, pero sobre sus herramientas no le dijo nada. Así que tomó la linterna que su novio había usado hacía un par de minutos. Iluminó la oscuridad, buscando hallar algún indicio, algo más allá de lo evidente. Una de esas revelaciones, esas puntas de ovillo que aparecen en las novelas.

Aunque Yvette sabía que eso no era una novela, y no esperaba encontrar nada.

Y, así y todo, lo encontró.

Entre los trapos, o más bien, debajo de uno de ellos, asomaba algo que no era otro trapo, ni siquiera parecía tela.

Era papel.

—Amor, ya terminé con las llamadas, los peritos llegarán de un momento a otro.

La voz de su novio la sobresaltó: tan abstraída estaba en la visión de ese papel que ni siquiera oyó los pasos que debieron de resonar a sus espaldas.

—¿Te asuste? —le preguntó él. Evidentemente, el sobresalto se había reflejado en el rostro de ella.

—Mira esto, Tom.

Yvette le pasó la linterna y le indicó con el dedo hacia dónde apuntar.

—Un papel —dijo él y la miró.

Yvette le devolvía la mirada como una alumna esperando que su maestro favorito la felicitara por su gran hallazgo.

—Muy bien, Yvette. —Tom no apartaba la vista del descubrimiento—. Quizá no sea nada, o quizá sea algo muy importante. En especial si hay algo escrito allí.

Yvette se mordió la lengua para no sugerir que ellos tomaran el papel antes de que llegaran los peritos. En silencio, Tom se pasaba la lengua por los labios, parecía meditar respecto a esa alternativa.

Al fin dijo:

—Yvette, hazme un favor, ve a buscar unos guantes de cocina, supongo que debe haber algunos aquí. También necesitaremos algún objeto largo y fino, acaso un palo de escoba, para arrastrar el papel hasta nosotros.

Entusiasmada, Yvette asintió con la cabeza y bajó.

16

Yvette regresó con el palo de un secador —el más fino que encontró entre los utensilios de limpieza que poseía la señora Neville— y el par de guantes de cocina.

Tom tomó el palo. Lo introdujo por la grieta y lo puso sobre el papel.

—Debemos hacer esto con lentitud —dijo—, y con sumo cuidado. Si rompemos el papel podríamos complicar las cosas.

Yvette asintió, mientras, lo miraba fascinada. Tom, poco a poco, fue acercando el papel a la grieta.

Cuando estuvo lo suficientemente cerca, le dijo a su novia:

—Tú tienes la mano más pequeña. Ponte el guante, métela en la grieta y toma el papel.

—¿No sería mejor usar guantes de látex? —preguntó Yvette mientras se calzaba el guante de cocina.

—Sí, pero no creo que la señora Neville los tenga. Salvo que se tiña el pelo, cosa que también dudo... Esto será suficiente para no dejar huellas en la posible evidencia.

Yvette metió la mano en la grieta y tomó el papel de la punta. Lo sacó con cuidado.

—Mejor me pongo el guante en la otra mano —dijo.

Así lo hizo, y pudo extender el papel.

Tanto Tom como ella sonrieron —una sonrisa que mezclaba el entusiasmo con cierta inquietud— al comprobar que, en efecto, el papel estaba escrito.

Tom se acercó a su novia. La letra era infantil, y de un primer vistazo se notaba que quien lo hubiera redactado tenía serios problemas de ortografía y de puntuación.

Yvette leyó el contenido en voz alta.

16 de julio

Grant, hermoso Grant, pienso en ti (el resto del renglón es ilegible, lo ha borroneado la humedad)

Y cuando miro el cielo por la ventana, veo tu rostro en todas las estrellas. Es un poco tonto, lo se y quizá nunca te diga a ti estas palabras, quizás me las guarde para mí por siempre como un delicioso secreto. A veces pienso en (Ilegible)

Lo mismo me pasó la otra ves en la clase de geografía que ya me aburre sin estar enamorada, imagínate lo poco que me podía concentrar mirándote a ti y a tus ojos negros. ¡Dios mío! Que ganas tenia yo de besarte y abrazarte con fuerza y de escaparme contigo (dos o tres palabras ilegibles) *soñar juntos este sueño de amor.*

Ahora dejo de escribir. Seguramente retome mañana, o quizás arranque esta página y no la lea más, quizá me de vergüenza leer las tonterías que escribí. Espero nuestra cita con ilusión, sospecho que tu sientes por mí lo mismo que yo siento por ti.

Sarah.

—Sarah —dijo Tom—. La hija del matrimonio Carson…

—Esto es una especie de ¿carta de amor?

Los dos releyeron en silencio.

—No, no es una carta —rectificó Yvette.

—Ella no se está dirigiendo a él. —Tom asentía con la

cabeza—. De hecho, habla de su imposibilidad de dirigirle a ese tal Grant las palabras que escribe.

—Se ve que es un diario íntimo.

—Sí, incluso ella ha anotado la fecha. Ese dato puede ser importante para una investigación. —Tom se llevó las manos a la pera con expresión reflexiva—. Sin embargo, esta es una página arrancada deliberadamente, o quizá que simplemente se ha desprendido. No parece estar aquí el resto del diario, aunque de eso solo tendremos seguridad una vez los peritos examinen la casa. Mejor que nosotros no contaminemos más este lugar, que evidentemente no descubrieron los anteriores investigadores.

Ya compenetrada en su fugaz rol de ayudante de detective, Yvette contempló la hoja en sí, ignorando esta vez su contenido.

—Parece ser una hoja de cuaderno tapa dura —dijo—, los que se solían usar en la escuela.

—Sarah Carson, si mal no recuerdo, asistía a la escuela secundaria cuando desapareció junto con sus padres.

—¿Y si este tal Grant resultó no ser tan dulce como Sarah pensaba? —arriesgó a preguntar Yvette con un entusiasmo apenas disimulado ante esa primera hipótesis que se le acababa de ocurrir—. ¿Y si él tuvo algo que ver con la desaparición?

El semblante de Tom, poco convencido, apagó el entusiasmo de su novia.

—Posible pero inverosímil. Uno podría darle más crédito a esa posibilidad si estuviésemos hablando de la desaparición única de Sarah. Pero no es el caso. ¿Y para qué haría desaparecer el tal Grant a toda la familia? Dando por sentado que un adolescente contara con los medios para realizar semejante empresa, y borrar las huellas tras de sí.

Yvette se sintió un poco tonta por no haber pensando en

todo eso y se dijo que debió descartar la hipótesis antes de abrir la boca. En efecto, existía una enorme diferencia entre leer novelas de detectives y ser uno de ellos. El cerebro de Tom razonaba a una velocidad diferente y con una mayor frialdad.

—Es evidente que este chico fue compañero de colegio de Sarah —dijo Tom.

—Quizá él no supiera sobre los sentimientos de ella. —Yvette trataba de contribuir a la reflexión con comentarios menos ambiciosos pero más sensatos—. Sin embargo, allí dice que iban a tener una cita.

—Lo que no sabemos es qué sucedió después...

—Ni si el diario sigue o esa fue la última página...

—Lástima que ella no anotó el año, sino que se limitó al día y al mes.

Se quedaron unos segundos en silencio. Tom volvió a hablar.

—Llamaré a Nadine para que investigue sobre este tal Grant. No debería ser difícil ir a la escuela en la que cursó Sarah hasta su desaparición y exigir los registros. Bastará con buscar un compañero de ella de nombre Grant. Esperemos que haya uno solo.

Por infantil que resultara aquel sentimiento, Yvette no pudo evitar que los celos volviesen a punzarla: seguro que Nadine no hacía comentarios torpes y apresurados; seguro que su modo de razonar era más afín al de Tom...

—Igual —seguía hablando él, ajeno a los pensamientos de ella— es fin de semana. Lo más probable es que debamos esperar hasta el lunes.

Yvette se dijo que sí, que esperarían hasta el lunes, y después irían juntos a la escuela.

Pero acalló esos pensamientos. Los celos no eran otra cosa que una de las infinitas formas de la estupidez.

Una vez más se quedaron en silencio.

Los sobresaltó el sonido del timbre —un timbre que Tom directamente desconocía, y al que Yvette no estaba acostumbrada—. El sonido había retumbado en la amplitud de la casa Neville.

—Deben de ser los peritos —dijo Tom.

—¿No necesitan una orden para revisar la casa? —se le ocurrió, recién ahora, preguntar a Yvette.

Tom sonrió antes de bajar las escaleras:

—En realidad sí. Pero los muchachos confían en mi criterio, así que darán un vistazo antes. No te preocupes, no haremos ningún desastre aquí, será como si nada hubiese pasado. Pásame la llave, abriré yo, si no te molesta.

Yvette le arrojó la llave y se le quedó mirando mientras bajaba los escalones.

Cayó en la cuenta de que el sonido del timbre había retumbado verdaderamente fuerte. De hecho, el eco parecía persistir en sus oídos.

Hay lugares en los que las cosas se magnifican. Y hay cosas que, de algún modo, no quieren irse de aquellos lugares.

17

—Yvette —le dijo Tom, subiendo las escaleras acompañado por un hombre—, te presento a Carl Ashton, el mejor perito de los últimos cincuenta años.

Carl sonrió y le extendió la mano a Yvette:

—No le crea, señorita. Son los elogios que uno recibe cuando le hace un pequeño favor a un amigo.

—De verdad te agradezco, Carl —dijo Tom.

—¿Es aquí? —Después de ponerse los guantes de látex que acababa de sacarse del bolsillo, el perito señalaba la grieta en la pared. Tom asintió con la cabeza y le alcanzó su linterna.

Carl observó, con ayuda de esa luz adicional, durante un par de minutos.

—Alcánzame ese palo —le pidió a Tom, señalando el palo que Yvette y él usaron para atraer la hoja del diario íntimo hacia ellos. Carl lo recibió y realizó el mismo procedimiento, esta vez con uno de los trapos.

—Sin duda, esto es sangre —dijo—. Y sangre muy vieja.

—Igual que esta hoja.

Tom se la mostró. Carl la leyó, y a través del látex palpó la superficie con sumo cuidado.

Dijo:

—Creo que, por el momento, no podré decirte nada que no sepas o no puedas ya imaginarte. Pero sí te aseguro que investigaremos esto.

—Eso era lo que quería escuchar, Carl.

El fin de semana transcurrió como bajo una negra nube: una atmósfera enrarecida, cargada de amenaza y de tensión.

Yvette y Tom debían de esperar a que la Brigada del Boston Central consiguiera la orden de allanamiento, y dado que no se trataba de un caso urgente, Tom sabía que no la expedirían antes del lunes.

Intentaron hablar de otra cosa y hubo un comprensible pero, aun así, llamativo cambio de roles: ahora era Tom quien trataba de disminuir la temperatura del tema mientras Yvette lo colaba a cada rato en la conversación:

—Pensé que compraba mi casa soñada —dijo recostada en el hombro de él—, la casa con la que sueñan las niñas cuando juegan a las muñecas. No sabía que me estaba metiendo en una mansión embrujada. Tenías razón, Tom. Te debo una disculpa.

A él le rompía el corazón verla así, tan alejada de su festivo y a menudo sarcástico tono habitual, tan frágil y melancólica. Esos dos días casi no los dedicó a otra cosa que a ofrecerle consuelo, a intentar arrancarla de esa bruma gris en la que parecía haberse diluido su entusiasmo inicial:

—Vamos, mi amor —le decía, y le acariciaba la mejilla o el hombro—, ya sabíamos que aquí había ocurrido algo sospechoso; y si antes no te interesó, no debería preocuparte ahora.

—Tom, tú viste tan bien como yo la sangre en esos trapos. Y, por si hiciese falta, también lo confirmó el perito. Una cosa es una familia desaparecida, y otra es la sensación esta que tengo ahora... De estar pasando este fin de semana, de haber estado a punto de comprar una casa de locos, como en esa vieja película de terror, la del tipo de la motosierra...

«Haber estado a punto de comprar»: Tom advirtió que, con aquella frase, su novia estaba desechando la idea de comprar la casa. Nadie lo hubiese adivinado el viernes, cuando llegó para pasar los próximos dos días.

De todos modos, Tom no pudo evitar una sonrisa antes de recordarle a Yvette el nombre de la película del tipo de la motosierra. Se ponía nerviosa no recordar un dato, por inútil que fuera, y si algo no necesitaba en ese momento eran nervios adicionales:

—*La masacre de Texas* —dijo Tom sin dejar de sonreír.

—Esa es, sí... —Yvette lo miró a los ojos—. No es gracioso, Tom, maldita sea. A mí no me hace una maldita gracia.

Ella se alejaba de él, y Tom debía decirle que no quiso ofenderla con su sonrisa, que solo se le ocurrió que ella estaba exagerando, que lo más ansiado para él en el mundo era verla feliz...

Pero nada podía hacer contra esa imagen que se había clavado en el cerebro de su novia: esos trapos sangrientos, esa grieta que dejaba ver un hueco oscuro, ese papel mohoso que disparaba un buen número de preguntas.

18

Nadine había llegado a la oficina algo más temprano que Tom, tal como solía suceder todos los lunes. Acababa de preparar los igual de habituales cafés —los dos negros, sin azúcar— cuando oyó el ruido de la puerta.

Tom lucía agotadísimo: si no caminaba con cuidado, se dijo Nadine, terminaría por pisar sus propias ojeras.

Se saludaron.

—Te ves de muerte —dijo Nadine.

—Gracias. Siempre es bueno empezar la semana así: con una compañera que sabe levantarte el ánimo.

—De nada, aquí para servirte. ¿Tuviste un fin de semana duro?

—Sobreviví. No es poco, teniendo en cuenta que me pasé dos días encerrado con una novia que oscilaba entre la furia, la frustración y la melancolía.

—Sí, te entiendo. —Nadine le alcanzó su café—. El destino terminó tendiéndote una emboscada.

—Entre nos, fue horrible ver así a Yvette, pocas veces la vi tan abatida. Te confieso que por momentos hubiese deseado no haber descubierto aquello, o al menos haberlo descubierto el domingo a la noche…

—Así es la verdad, se revela en el momento más cruel.

Tom asintió.

—Hablando de verdad —dijo—, ¿pudiste investigar algo?

—Me extraña la pregunta, colega, por supuesto que sí.

Nadine tomó una foto apoyada en el escritorio, cerca de la silla que ocupaba ella, y la arrojó hacia el lado de Tom, que acababa de sentarse.

Él miró la foto. Se trataba de un retrato de baja resolución, sin duda tomado hace años mediante una vieja cámara analógica. Aparecía allí un joven sonriente, de pelo castaño claro, ojos azules, el rostro con moderados rastros de acné. No era el original, sino una copia impresa.

—¿Este es el tal Grant? —preguntó Tom.

—En efecto. Su nombre completo es Grant Dorset. Por fortuna, no había ningún otro chico con su nombre de pila en la clase de Sarah Carson.

—Muy bien, Nadine, te lo agradezco. ¿Tenemos su dirección actual?

—Conseguí el registro de la última conocida, que es en realidad la casa de sus padres. Hoy debe tener unos veintitrés años, y supongo que seguirá viviendo con ellos, y si no, le preguntaremos a sus padres dónde vive ahora. Según consta en los registros, la familia se mudó aquí a la ciudad una vez que Grant terminó sus estudios de preparatoria. Esperemos que no se hayan mudado de nuevo sin dejar constancia legal. Deberíamos visitarlos hoy mismo, salvo que tengas algo mucho mejor que hacer.

Tom sonrió:

—Después del almuerzo, iremos para allí. Nada mejor para la digestión que indagar un antiguo misterio.

19

La casa de Grant quedaba a unos treinta kilómetros de la comisaría. Nadine manejaba hacia allí en una patrulla, Tom iba en el asiento del acompañante. En estos casos recurrían a la patrulla. Por lo general producía un efecto psicológico en la gente, un respeto —o temor— por la autoridad que los inducía a mostrarse más colaborativos durante los interrogatorios.

El GPS les indicó dónde doblar: ya estaban a una cuadra.

Frenaron en la dirección exacta. La fachada era amplia y bonita. La casa de un hombre o una mujer de clase media, probablemente casado y con hijos. En otras palabras, la casa en que vivían Grant y sus padres —Tom y Nadine ignoraban si tenía o no hermanos—. Al frente se lucía un pequeño jardín, antecedido por unas rejas color verde musgo.

—No vive mal el amigo Grant —dijo Tom mientras se bajaba del coche.

—Esperemos que esté en casa.

—Lo seguro es que, salvo que haya sido demasiado mal estudiante, ya no debe andar en el colegio a esta hora.

Nadine fue quien se adelantó y tocó el timbre.

Los detectives esperaron en silencio durante unos segundos: se miraban entre ellos, miraban el coche y el jardín.

Cuando Nadine abría la boca para decir que al parecer no había nadie en casa, irrumpió otra voz. Una voz de mujer mayor que venía desde adentro:

—Ya voy. —Y tras una pausa—: ¿Quién es?

—¿Señora Dorset? —preguntó Nadine en voz bien alta.

—Sí. ¿Quién es?

Tom miró a Nadine, la mujer no iba a abrirles hasta que ellos no se identificaran.

—Somos los detectives Nadine Bannister y Tom Harrison, del Distrito 12 de Boston Central.

Nadine había omitido mencionar que ellos pertenecían a la Brigada de Casos Graves. Ese anuncio nunca era bien recibido por la gente. Tratar con testigos sin amedrentarlos, consiguiendo que se relajen y usen su memoria del mejor modo, y además que sean honestos, constituía un arte en sí mismo.

—No se alarme —agregó de inmediato Nadine—. Solo necesitamos hacerle algunas preguntas a su hijo Grant. Es por un caso que involucra a alguien que él conoció hace un tiempo.

No llegaron más palabras desde adentro. Tras unos segundos más de espera, la puerta se abrió.

Ante Tom y Nadine, y a través de la puerta entreabierta, apareció una señora de pelo rubio enrulado, mediana estatura, algo pasada de kilos. Tom calculó que no llegaría a los sesenta años.

Mostraron sus placas.

—Como le dijo mi colega —intervino Tom—, solo necesitamos información sobre una antigua... amiga de su hijo.

La señora Dorset los miraba como a un par de extraterrestres. Aunque, por fortuna, lucía más sorprendida que atemorizada.

—Mi hijo salió a hacer las compras, pero de un momento a otro regresará. —La mujer parpadeó, como si acabara de librarse de un trance hipnótico, y abrió del todo la puerta—. Pasen, por favor, podrán esperarlo aquí. Espero que realmente no se haya metido en ningún problema, nosotros siempre fuimos respetuosos de la ley, en esta casa...

—No se preocupe. —Nadine fue la primera en pasar—. Le estamos diciendo la verdad: Grant no es sospechoso de absolutamente nada.

Ante esa afirmación, la señora Dorset pareció distenderse. Tom entró detrás de Nadine y los dos se encontraron en una pulcra sala de estar, con un sofá individual y uno doble. Había un niño pequeño arrodillado en el parqué mirando dibujos animados en la televisión, pero que pronto volteó para poner los ojos en esos dos extraños que acababan de invadir su casa. La señora Dorset se acercó a él y le acarició la cabeza:

—Martin, hazme el favor de ir a tu habitación un rato, yo tengo que hablar con estos señores.

Sin sacarle la vista a Tom y a Nadine, Martin asintió con la cabeza. Obedeció a su madre —ese niño era el hermano de Grant, evidentemente— y se retiró. La señora Dorset apagó la TV.

—Le pedimos disculpas por las molestias —dijo Nadine —. Trataremos de ser lo más breve posible.

—No hay problema. Tomen asiento, por favor.

Tom y Nadine se sentaron en el sillón para dos personas. Aquella sala parecía haber sido diseñada para el interrogatorio policial.

Un par de veces más debió asegurarle Nadine a la señora Dorset que a su hijo no lo estaban acusando de ningún crimen. Entre eso y un poco de charla trivial, pasaron los minutos. Hasta que, cuando habría transcurrido una media hora de espera, Grant llegó a la casa.

Acababa de abrir la puerta, y ahora —sin decidirse a cerrarla tras de sí— miraba a Nadine y a Tom con cierta curiosidad, como en una versión crecida del gesto de su hermano menor.

—Grant —le dijo su madre poniéndose de pie—, estos señores quieren hablar contigo.

Tom y Nadine también se pusieron de pie y saludaron a Grant amigablemente.

—Es por un asunto policial —siguió diciendo la señora, con una inocencia que conmovió a Tom—, pero no te preocupes, ni tú ni yo estamos metidos en ningún problema. —Miró a los dos detectives, que asintieron con la cabeza, dándole la enésima ratificación que ella buscaba—. Dicen que es por alguien que tú conoces.

—Que conoció —corrigió Nadine en tono suave.

Grant, previsiblemente, ya no mostraba en su rostro rastro alguno de acné adolescente. Su pelo seguía igual de rubio y abundante, aunque el corte respondía a las modas vigentes, con los costados al rape y un abundante flequillo. Las palabras de su madre no parecieron tranquilizarlo, ni sacarlo de cierto estupor que aparentemente se apoderó de él apenas vio a Tom y a Nadine.

Todavía seguía siendo un adolescente, aunque ya no asistiese al colegio y le creciera la barba, que afeitaba con notorio descuido y poca regularidad.

Grant no saludó a ese par de extraños que habían invadido la sala y hablaban con su madre. Se limitó a decir:

—¿Quién?

Ante el silencio general, completó su pregunta:

—¿A quién dicen ustedes que conozco?

—A Sarah Carson —respondió Nadine.

Y si bien ella no había abandonado su tono amigable, y lucía una amable sonrisa, el rostro de Grant mostró cierta palidez. Quizá, se dijo Tom, aquella era la expresión de alguien a quien el pasado se le viene encima de repente, encerrado en un nombre, en el inocente sonido de dos simples palabras.

Al mismo tiempo, a Tom le costaba asociar la noción de pasado con alguien tan joven como Grant.

—Seguramente su hijo querrá pasar al baño, cambiarse, tomar un vaso de agua o lo que fuera —dijo Nadine—. Los esperaremos, queremos que se encuentre lo más cómodo posible.

Tom solía dejar que Nadine manejara esas situaciones, al menos en principio. Era buena en ello: tenía una empatía que Tom, según juzgaba respecto a sí mismo, no alcanzaría a desarrollar ni en cincuenta reencarnaciones. Él se manejaba mejor con los sospechosos. Por desagradable que sonara, se sentía más cómodo lanzando cuchillazos verbales que confortando con caricias.

—Está bien —dijo Grant sacudiendo los hombros como si quisiese librarse de una suciedad invisible—. No tengo inconveniente en hablar con ustedes ahora mismo.

La señora Dorset se incorporó, y con un ademán le indicó a su hijo que le cedía el asiento:

—Yo iré a la cocina —dijo, al parecer, más relajada—. Detectives, qué grosera fui, por culpa de la sorpresa no les ofrecí nada de beber. ¿Desean un té o un café?

—Un café —respondieron Tom y Nadine, casi al unísono —. Negro y sin azúcar —se encargó de especificar Tom.

La señora hizo un gesto reverente y salió de la sala. Grant, con pasos lentos y algo desganados —pasos de adolescente—, se acercó al sillón y se echó sobre él.

20

Al fin el joven Grant Dorset estaba allí, frente a ellos, disponible para todas las preguntas que necesitaran formularle.

Después de un poco de charla trivial, para romper el hielo, Nadine fue al grano.

—¿Qué puedes decirnos de Sarah, Grant? Sabemos que la conociste, que iban al colegio juntos, y que tenías una relación muy… cercana con ella. Supongo que te habrás enterado de su desaparición, igual que el resto de sus compañeros.

Grant no dijo palabra alguna, se limitó a asentir con la cabeza. Recordaba a un niño al que un adulto distrae de sus juegos con preguntas tediosas.

Nadine siguió hablando:

—¿Qué tipo de relación tenías con ella exactamente? ¿Eran novios?

Grant vacilaba, como si las palabras se negaran a salir.

—Grant —intervino Tom—, lo que nos digas aquí, aquí se quedará. Sabemos que puede resultar incómodo contarle a un par de extraños asuntos personales, acaso íntimos. Pero ni tu madre ni nadie se enterará de nada. Al menos, no por nuestra boca.

Grant suspiró levemente. Si bien le faltaba mucho para verse cómodo, al menos su tensión parecía haber decrecido.

—Sí, estuvimos juntos un tiempo —dijo el chico al fin—. Nada muy formal, cosas de adolescentes.

Nadine dijo:

—¿No advertiste nada extraño en ella? Me refiero en particular a los días o semanas anteriores a su desaparición. Alguna anomalía en su comportamiento o algo que te haya contado…

Grant meneó la cabeza para negar.

—Es importante que intentes hacer memoria. —Tom hablaba en un tono amable pero firme—. Cualquier cosa que puedas decirnos…

El sonido de las tazas de café, tiritando sobre la bandeja, interrumpió la pregunta.

—Aquí tienen —dijo la señora Dorset.

Tom y Nadine se sirvieron y le dieron las gracias. La señora echó una mirada a su hijo, y después volvió a irse.

Tom iba a retomar su pregunta, pero esta vez, llamativamente, fue Grant quien tomó la iniciativa, adelantado su respuesta:

—Miren, detectives, me gustaría ayudarlos, pero lo cierto es que con Sarah tuve una aventura más o menos larga, ni siquiera le llamaría noviazgo. Una cosa de adolescentes, como les he dicho. No advertí nada raro en ella. Podía tener un día malo, como cualquiera, pero nada especial. A mí me gustaba el aspecto físico de ella, y le había tomado cariño, pero… Yo pensaba en lo que todos los adolescentes piensan, no me hacía ilusiones de nada muy profundo…

—Te entendemos —dijo Nadine, intentando empatizar con él—. Todos tuvimos esa edad. Dime, ¿tú seguías viéndote con ella cuando desapareció? Quiero decir, más allá de la escuela.

Él hizo una pausa antes de contestar:

—A veces. A decir verdad, el asunto se había enfriado, si me permite decirlo así, entre nosotros.

—Ya veo —dijo Nadine.

Grant asintió y se echó más atrás en el sillón, como dando por terminada la charla.

Sin embargo, Tom no pensaba rendirse. Y realizó una pregunta que, por lo regular, se adecuaba más al estilo de Nadine:

—Quizá te parezca que no tiene nada que ver, Grant, y es probable que termines estando en lo cierto. Pero ya que nunca se sabe... Déjame preguntarte cómo fue tu vida desde aquel momento. Quiero decir, a nivel trabajo, estudios...

La respuesta de Grant fue mucho más solícita, y hasta su tono cambió:

—Una vez nos mudamos aquí...

«El alivio de librarse del pasado y regresar al presente», se dijo Nadine. Y, sin embargo, ¿por qué habría de resultar un alivio? En principio, Tom y ella no estaban escarbando en ningún evento traumático ni echaban sal sobre ninguna herida. El propio chico acababa de decir que su relación con Sarah no había sido la gran cosa, y que apenas se veían cuando ella desapareció tan misteriosamente.

Grant seguía hablando:

—... Ahora estoy ayudando a mi padre con su negocio: él se mudó aquí para poner un almacén de ramos generales, y no va mal. Sin embargo, estoy montando mi propio negocio de venta por Internet, y espero poder independizarme en un futuro. No soporto seguir aquí, viviendo con mis padres. —La voz de Grant había sido invadida por un matiz de furia y frustración, y expulsó esas palabras apretando las mandíbulas. Él mismo debió darse cuenta de eso, por lo que dijo después—: No me malinterpreten. Me llevo bien con mis padres, no me molesta vivir con ellos, pero un hombre necesita una casa para su propia familia.

—¡Ah! —dijo Nadine con tono inocente y casual—, veo que tienes novia. ¿Has tenido hijos?

Grant sonrió como si le preguntaran por algo imposible. Sin embargo, Nadine no dejó de vislumbrar una corriente de amargura fluyendo bajo esa sonrisa.

—No, quise decir... Si yo algún día formara una familia, me gustaría poder darles un hogar y mantenerlos con el fruto de mi trabajo.

A Nadine le pareció una mentalidad un poco arcaica, en el sentido de no contar con el hipotético sueldo de su hipotética esposa, pero no estaba allí para discutir los puntos de vista personales del joven.

Se miró con Tom. Sin hablar —los años de trabajar juntos solían ahorrarles palabras— decidieron que, aunque breve, el interrogatorio ya no daba más de sí. De hecho, lo habían estirado un poco más de la cuenta.

Se despidieron de Grant; Tom le dejó su tarjeta para que lo llamara si recordaba algo. La señora Dorset —ellos hubiesen apostado a que había estado escuchando todo desde la habitación contigua— regresó a la sala. Les preguntó si se iban, y ellos asintieron.

La señora les abrió la puerta.

Afuera, Tom y Nadine entraron al coche.

—¿Qué opinas? —dijo Tom. Esta vez él se sentó en el asiento del conductor.

—Algo me huele mal —afirmó Nadine.

—A mí también. En esa casa había olor a mentira.

Tom arrancó. Ya tenían tema para conversar durante el viaje, y acaso durante toda la jornada.

21

PERO, al final, Tom y Nadine no habían conversado tanto durante el viaje. Los dos se dedicaron a procesar la nueva información en silencio. Y cuando pensaban en el término «información», ellos no solo se referían a lo que Grant les dijo, sino a la manera en que lo dijo, y también a lo que acaso habría evitado decir. Era el criterio que adoptaban ante todos sus interrogados, se tratara de sospechosos o de meros involucrados en un caso. Por eso el viaje había transcurrido en relativo silencio después de que los dos detectives intercambiaran algunas impresiones iniciales.

Una vez en la comisaría, tomando un té —por sugerencia de Nadine, cada tanto intercalaban uno entre los acostumbrados cafés diarios para evitar excitarse más de la cuenta o dañarse el estómago—, se pusieron a discutir sus ideas.

—Yo no creo que haya tenido una relación tan superficial con Sarah Carson —dijo Nadine a modo de patada inaugural de aquel *match* argumentativo—. Es cierto que conocemos los sentimientos de Sarah, por su carta, y no conocemos los de

Grant. Sin embargo, hay dos partes de su discurso que no encajan, y que me llevan a pensar como pienso.

Nadine dio su primer sorbo al té.

—¿Cuáles son esas cosas, Nadine? No le pongas suspenso, pareces la detective de alguna de esas novelas que lee Yvette.

—En primer lugar —dijo Nadine, aceptando el comentario de Tom con una breve sonrisa—, él habló de Sarah con una liviandad cercana a... No diría al desprecio, pero sí mostró una indiferencia que, por lo general, nadie tiene con un amor adolescente.

—Y mucho menos si ese amor terminó desapareciendo en extrañas circunstancias.

—Exacto.

—Por más que, según las palabras de Grant, la relación se hubiese enfriado...

—... Nadie se lo tomaría tan a la ligera.

—Y, aun si realmente se lo tomara tan a la ligera, no asumiría en voz alta esa ligereza.

—O al menos... —Nadine guiñó un ojo y lanzó una sonrisa sarcástica que a Tom le recordó a las de Yvette—. No asumiría esa ligereza tan a la ligera.

Cuando Tom y Nadine completaban uno la frase del otro significaba que ya habían pasado la fase de calentamiento, y el tenis dialéctico que jugaban alcanzaba sus cotas de mejor nivel.

—Pero eso me parece un poco débil —apuntó Tom: cuestionarse el uno al otro también los ayudaba a pensar mejor, y a elaborar hipótesis de mayor sustancia—. El tipo bien podría ser un canalla. Tú lo dijiste recién, nosotros solo escuchamos, o más bien leímos, la versión de Sarah. No sabemos lo que él opinaba de ella. En un momento insinuó, muy claramente, que su noviazgo se debía a la mera atracción sexual. Vamos, las hormonas adolescentes son así...

—Sí, pero te estás olvidando de algo, Tom.

—¿De qué?

—Primero, debo felicitarte por preguntarle a Grant sobre su vida actual, eso nos dio la oportunidad de conocerlo un poco.

—Gracias, ya sé que soy el mejor. —Ahora fue Tom quien lanzó una sonrisa irónica, luego bebió de su té—. ¿Y qué es lo que conocimos de él? Supongo que por allí vendrá tu iluminación…

—Esa es la parte de su discurso que me parece incoherente con tu sugerencia, la de que él puede ser un canalla. ¿Recuerdas cuando yo di por sentado que él, como mínimo, tenía novia y le pregunté si tenía hijos?

Tom asintió con la cabeza. Nadine volvió a preguntar:

—¿Y recuerdas por qué yo di aquello por sentado?

Tom lo meditó unos segundos, se echó hacia atrás en la silla y respondió:

—Porque él había dicho algo sobre que un hombre debe mantener a su familia. Y sí, es cierto que, por el modo en que lo dijo, uno podía tender a asumir que Grant ya había formado o estaba camino a formar una familia. Y sin embargo…

—… él dijo que estaba soltero. Y yo te pregunto, Tom, ya no solo como detective, sino como hombre…

—Interesante. Pregunta, soy todo oídos.

—¿Un chico de veintipocos años que tiene esos sueños —quizá conservadores y convencionales pero sin duda nobles— coincide con la visión que uno tiene de un hombre que actúa como un depredador sexual, y que concibe a las mujeres como presas sobre las cuales desahogar sus deseos?

—Mmmm...

Tom se llevaba las manos a la barbilla. Nadine reforzó su argumento:

—Es como si en esa parte final de la charla, supuestamente más casual, Grant se hubiese disentido y dejado ver su personalidad real.

—Sí, de hecho su actitud corporal indicaba mayor distensión. Tienes un punto, Nadine. Sin embargo, te lo digo como hombre y como detective, uno cambia muchísimo entre la época de escuela y los veintitantos de años, aunque sean veintipocos. Piensa que hablamos de edades en las que uno o dos años pueden ser una eternidad respecto a los cambios en el modo de ver el mundo. Un hombre, por lo general, piensa más o menos lo mismo a los sesenta años que a los sesenta y cinco. Pero no podemos aplicar esa regla con el mismo hombre a los quince que a los veinte, o a los veinte y los veinticinco.

Ahora era Nadine quien lucía pensativa.

—Sí, no digo que sea algo seguro, pero sigo creyendo que hay allí cierta discordancia. Porque no debes olvidar un importante hecho: Grant, que se refirió a su pasado adolescente, es el mismo que habló de sus sueños, es decir, el Grant de veintitantos años. Si se hubiese vuelto un caballero desde su adolescencia hasta hoy, habría cambiado su manera de referirse a Sarah. En otras palabras: nos hubiese mentido respecto a lo que él sintió en ese momento, igual que hacemos todos ante un par de extraños que nos preguntan sobre antiguos sentimientos que nos da vergüenza haber sentido.

—Punto para ti —dijo Tom—. De todos modos, opino que es algo para tener en cuenta, aunque por ahora está lejos de resultar concluyente.

Sonó el teléfono. Tom, que estaba más cerca, se levantó para atender.

22

Era la sargento Caspian. Tom le había dejado un recado durante el fin de semana y, por fin, ella se comunicaba con él.

La sargento le confirmó lo que ya sospechaba: una vez la señora Neville hubo denunciado la desaparición del matrimonio Carson y su hija Sarah, se realizó —además de los rastrillajes por la zona y demás acciones pertinentes para la investigación— una revisión rutinaria de la enorme propiedad.

—No encontramos motivos para revisar la casa más a fondo —se explicaba, o acaso se excusaba Caspian. De todos modos, Tom pensaba que él quizá hubiese hecho lo mismo en su lugar—. Teníamos la denuncia de una abuela, y una familia que se había esfumado de repente sin dejar rastro alguno. Le voy a ser honesta, Harrison, cuando nuestros hombres no encontraron a la familia por las inmediaciones, ni vivos ni muertos, nos dimos cuenta de que a esta investigación no había por dónde abordarla. No teníamos una punta de hilo a partir de la cual comenzar a desenredar ovillo. No la cerramos antes… Por dignidad profesional, y porque el

Departamento no deseaba dar una mala imagen, teniendo en cuenta las características públicas que tomó el asunto. Usted me entiende…

—La entiendo, sargento —dijo Tom. Nadine escuchaba atentamente y le daba sorbos a su café—. Entonces, por lo que usted me dice, asumo que la única evidencia, por así llamarla, es la declaración de la propia señora Neville.

—En efecto. Ella dijo que el matrimonio Carson y su hija salieron de noche, camino a la casa de un amigo para cenar, y nunca más regresaron.

—¿Pudieron hablar con ese amigo a cuya casa iban los Carson a cenar?

—Sí, uno de mis hombres habló con él, que confirmó la historia. No recuerdo el nombre del sujeto, pero consta en el expediente junto con su declaración.

—Todavía no tuve tiempo para leer el expediente con la debida atención, pero lo haré.

Hubo un par de segundos de silencio. En una llamada telefónica, aquello era el equivalente a la eternidad.

La voz de Caspian interrumpió el incómodo momento:

—¿Hay algo más en que lo pueda ayudar, detective Harrison?

Tom se tomó otro par de segundos para decidirse, hasta que dijo:

—Sí y no. Quiero decir, no necesito preguntarle nada más sobre los detalles técnicos del caso. Pero sí quisiera preguntarle algo más… Menos susceptible de definir, digamos.

—Dígame, con toda confianza.

—¿Qué opinión personal tiene usted sobre el asunto? Ya sabe, esos pálpitos, esas sensaciones que tenemos en nuestro oficio. Más allá de que nadie queda conforme ante un caso irresuelto, ¿a usted en algún momento se le ocurrió una hipótesis sobre lo que pudo haber pasado, aunque fuese incapaz de probarla?

Ahora quien se tomó unos segundos fue la sargento. Al fin, respondió:

—Entiendo lo que me sugiere. La verdad, mentiría si le dijese que no se me pasó por la cabeza que el caso tuviese un trasfondo más oscuro de lo aparente. Digo, ya sé que la desaparición de una familia es un hecho suficientemente oscuro, pero creo que usted también sabrá interpretarme.

—Perfectamente.

—Sin embargo, a mí ya me faltaba poco para jubilarme, y el de «la casa de la abuela» fue uno de mis últimos casos, quizá el último de gran magnitud. Estaba cansada, en todo sentido: en el físico, en el mental y en otro que… Bueno, como dijo usted antes, ese otro es difícil de definir.

Tom pensó que Caspian sabía cómo definirlo, pero no se había atrevido a hablar de un cansancio «moral», o incluso «espiritual». Y mucho menos en su condición de mujer, que seguro debió ser el doble de dura para abrirse camino en una profesión que se supone de hombres duros.

La sargento continuó:

—Lo que quiero decir es que, a esa altura de mi carrera, yo ya había visto muchas cosas. Demasiadas, quizá. Crímenes brutales más allá de toda comprensión: madres y padres matando a hijos, o viceversa; bebés abandonados en cestos de basura; violaciones seguidas de torturas y de muerte… Mi mirada sobre este caso, entonces, seguramente estaba viciada por esas experiencias anteriores. Sí, yo veía algo oscuro en el caso de «la casa de la abuela», pero para ese momento creo que ya veía la oscuridad en todas partes. Además de mi edad, ese fue el principal motivo por el que disfruté el día en que llegó mi jubilación.

—Me ha quedado todo muy claro, sargento Caspian. Siga disfrutando de su retiro.

—Y usted, Tom, recuerde que existe un lado luminoso del mundo, aunque nuestro oficio suele desarrollarse entre penumbras. —La sargento había cambiado a un tono confidente de un modo que Tom no esperaba. Quizá no hablaba de esto con nadie desde su retiro. Solo un colega podría entender lo que a ella le tocó vivir—. No dude en llamarme de nuevo si necesita preguntarme alguna otra cosa.

Terminaron de despedirse y cortaron la comunicación.

23

Revolviendo con la cucharita dentro de su taza ya vacía de café, Nadine miraba a su compañero con expresión interrogativa.

Tom le contó en detalle lo que había hablado con Caspian, que tampoco incluía grandes revelaciones.

Unos minutos después un empleado tocó a la puerta. Les traía lo que ellos le encomendaron que fuese a buscar: el expediente del caso Carson.

Nadine fue quien se puso a hojearlo. Después comenzó a leer en voz alta.

Estuvieron un buen rato así. Tom y ella se turnaban para la lectura, y la interrumpían cuando creían que valía la pena realizar un comentario o tomar nota de algún dato concreto.

Uno de esos datos fue el nombre del amigo al que los Carson iban a visitar la noche que desaparecieron: Ted Morris.

—Creo que esta semana le haré una visita al señor Morris. Pediré a los muchachos que averigüen su ubicación actual.

Nadine asintió.

—También deberíamos visitar a la señora Neville —dijo hojeando el expediente, ya solo por darle algo que hacer a sus dedos.

—Ese será el plato fuerte —dijo Tom acariciándose la barbilla.

El teléfono volvió a sonar. Y, otra vez, atendió Tom.

Era Yvette.

—Mi amor —le dijo—, hablé con mi madre y le pregunté lo que me pediste.

—Gracias. ¿Qué te dijo?

—Según los registros de la inmobiliaria, la casa fue modificada hace ocho años. Sin embargo, por alguna razón, no consta el detalle de las modificaciones, aun cuando debiera aparecer.

—¿Tu madre puede hacer algo por averiguar qué modificaciones se realizaron?

—Sí, yo se lo he pedido, y ya se puso en marcha. Efectuará los llamados necesarios y se comunicará conmigo cuando tenga la información. No te preocupes: ella sabe hacer su trabajo, y en breve tendrás los datos que necesitas.

—Eres la mejor, Yvette.

—Lo sé.

—Bueno, entonces nos vemos el…

—¡Ah!, debo decirte que voy a regresar mañana a mi viejo apartamento.

—¿Ya? ¿Así sin más?

—Sí, así sin más. Después de todo este asunto, y de lo que descubrimos, no quiero vivir en esta casa.

—Es una pena, Yvette…

—Hay cosas mucho peores en la vida que una mudanza frustrada. Ya conseguiré una casa que me guste igual o más que esta, y que no venga con un pasado siniestro.

Tom se alegró por Yvette. Sin duda, ella había recuperado su vitalidad y su humor sarcástico.

—Nos vemos en estos días, mi amor —dijo Tom.

Cortaron. Tom le contó a Nadine lo que habló con Yvette.

—Así que modificaciones, y realizadas poco antes de la desaparición de los Carson… —dijo ella con tono suspicaz—. Esto se pone cada vez más interesante.

—Eso de «interesante» me recuerda a los chinos.

—¿A los chinos?

—Sí. Para los chinos, el interés de un período histórico es directamente proporcional a los problemas que se presentan en él. De ahí una maldición que lanzaban a sus enemigos: «Ojalá que vivas en tiempos interesantes».

Nadine se quedó pensando. Hasta que dijo:

—Bueno, entonces más creo que «la casa de la abuela» es un lugar muy interesante para investigar. Interesantísimo.

Poco después recibieron una notificación de los peritos que habían examinado los trapos sangrientos hallados en la casa. Como era de esperar, la sustancia roja era justamente lo que parecía ser: sangre. Como también era de imaginar, había pasado mucho tiempo, y las muestras ya estaban demasiado deterioradas y contaminadas, por lo que no era posible obtener más datos de la sangre ni un informe de ADN que otorgara más pistas a Tom y a Nadine.

Ya casi anochecía cuando Tom y Nadine se despidieron. En unos días irían a visitar a la señora Neville, ya instalada de nuevo, a la casa que parecía haberse negado a ser suya. Una casa —se dijo Tom en un arranque poético que a él mismo le provocó sorpresa— a veces se asemeja a un destino.

24

Pero antes de visitar a la señora Neville, Tom tenía otros planes, o una pequeña actividad que incluir al plan general, y le dijo a Nadine que la ejecutaría solo.

Ayer uno de sus subordinados le había informado la dirección actual de Ted Morris, el amigo a cuya casa iban a cenar los Carson cuando desaparecieron. El tipo vivía ahora a unos cuarenta kilómetros de su vivienda anterior, casi saliendo de la frontera de Boston. Al menos, eso constaba en los registros.

A Tom también le dieron el número telefónico, y él podría haber llamado para constatar que Morris estaba allí. Sin embargo, eso lo haría perder el factor sorpresa, algo que Tom valoraba mucho a la hora de realizar un interrogatorio: si el investigado quería mentir, le sería mucho más difícil sin una preparación previa. Existe poca gente capaz de crear una mentira consistente y de relatarla con convicción —sin que sus gestos y su actitud delaten la impostura—. Para la mayoría de las personas, mentirle a la policía resultaba duro incluso teniendo tiempo para prepararse.

Tom apagó el ya insoportable aunque útil GPS, comprobó

que se trataba de la dirección correcta y estacionó su coche en la esquina.

Caminó hasta la casa. Había visto una foto bastante actual de Morris y llevaba una copia encima, por las dudas.

Se dijo a sí mismo que había tomado muchas precauciones, como si fuese a entrevistar al sospechoso de un crimen atroz y no a un testigo común y corriente. Sin embargo, algo le olía mal. No simplemente desde ayer u hoy, sino desde el principio, desde que Yvette le contó de su interés por comprar la casa. En algún momento Tom había pensado que, por fortuna, aquello fue simple paranoia, acaso un vicio profesional semejante al que describió la sargento Caspian.

Ya frente a la puerta de Morris, tocó el timbre.

—Ya va —respondió desde adentro una voz algo desganada.

Y unos segundos después, sonando desde más cerca:

—¿Quién es?

—¿Hablo con Ted Morris?

—Sí, ¿y usted quién es?

—Mi nombre es Tom Harrison y soy detective de la Brigada 12 del Boston Central. Necesito hacerle unas preguntas, en calidad de testigo de un caso.

Se oyeron unos pasos arrastrados y el ruido metálico del pestillo que se destrababa. La puerta se entreabrió: por la hendija que se formaba entre la apertura y la pared apareció un rostro de hombre. Apenas lo vio, Tom supo que había tenido suerte: era el mismísimo Morris. Sin embargo, él no parecía haber tenido tanta suerte. Más allá de que resultaba perfectamente reconocible, había engordado, y su rostro lucía mucho más demacrado que en la foto que vio. Se suponía que esa foto no tenía más de cuatro años, así le dijo a Tom quien se la facilitó; pero el hombre que ahora lo miraba, entre temeroso e inquisitivo, lucía como el padre de aquella versión fotográfica. ¿Qué le habría pasado? ¿Algún problema de salud, tal vez?

—Testigo... —balbuceó Morris—. Sí, soy yo a quien busca, pero me cuesta pensar de qué puedo haber sido testigo. Cada vez salgo menos.

Una oleada de rancio olor a bebida asqueó a Tom, que fingió rascarse la nariz para tapársela un poco. Ya quedaba claro el motivo por el cual aquel hombre lucía como una caricatura monstruosa de sí mismo: el abuso de alcohol.

—Se trata de un caso antiguo —aclaró Tom intentando mantener la distancia con esa boca fétida—. Ya sabrá usted de qué caso le hablo...

Ted Morris miró hacia el suelo, como buscando algo que se le había caído. Quizá buscaba en su memoria ese pasado que se perdió: aquel día en que su amigo Peter Carson le dijo que iría a cenar a su casa y nunca llegó. Quizá lo recordaba todo como una serie de imágenes borrosas, cortadas, sin solución de continuidad. Lo recordaba bajo la apariencia de una pesadilla, o de una de las borracheras que padecería cotidianamente.

La mandíbula de Morris era la de un robot de metal, y el piso estaba imantado. Esa era la sensación que daba de tanto que la abría.

—Ya declaré sobre ese caso, hace mucho —consiguió decir—. Pero, bueno —se resignó—, pase.

Y Tom entró a la casa, que tenía más bien el tamaño de un apartamento y el aspecto de una pensión de mala muerte. El olor que despedía su dueño se multiplicaba al internarse en ese antro: había platos apilados en el fregadero, objetos desordenados y tirados por cualquier parte, y —por supuesto— botellas de *whisky* y cerveza, algunas vacías y otras a medio tomar.

Aunque su oficio le había enseñado que el ser humano era

capaz —literalmente— de cualquier cosa, Tom se preguntó qué clase de hombre podía vivir así.

Repasó mentalmente la imagen de la foto: a partir de aquel retrato, nunca se podría haber anticipado ese despojo ante el que ahora se encontraba.

Algo debió de haberle sucedido a Ted Morris. Algo muy grave.

Pero... ¿qué?

Por supuesto que Tom no podía preguntárselo directamente; si quería una respuesta, debería conseguirla de manera solapada.

—¿Mi visita le llega en mal momento? —dijo aludiendo sutilmente al caos hogareño (si cabía calificar de hogar a la pocilga aquella) en que se estaba internando junto con ese hombre.

—No —dijo Morris—, no estaba haciendo nada en especial.

—¿Está usted desempleado? —Apenas terminó la pregunta, Tom se apresuró a aclarar—. Disculpe que inquiera sobre asuntos algo personales. Sucede que siempre tratamos de obtener un mínimo perfil de los declarantes implicados en un caso.

Por supuesto que aquello era una mentira.

—No tengo empleo fijo —respondió Ted sin mostrarse cómodo ni incómodo con la pregunta. Tom se dijo que ese hombre, a simple vista, aparentaba carecer de cualquier tipo de empleo, ocupación o incluso motivación en la vida. Exceptuando, claro estaba, la de aferrarse a la botella.

—Iré al grano —dijo Tom paseándose por la escueta superficie de la casa. Había perdido toda esperanza de que aquel hombre le ofreciese un café. De hecho, dudaba de que tuviese alguna bebida sin alcohol para convidarle—. Estoy aquí por la desaparición de Sarah Carson y sus padres.

Un estremecimiento —tenue, apenas perceptible, pero indudable ante los expertos ojos de Tom— atravesó la espina dorsal de Morris: le tembló el cuello, la mandíbula se le cerró con la fuerza de una trampa para osos, y los músculos se le agarrotaron. Fue un instante. Una corriente de electricidad que lo habría recorrido de pies a cabeza.

Sin embargo —y esto a Tom le resultó muy interesante—, él no permitió que su helada sorpresa se le notara inmediatamente después, al momento de hablar:

—Eso fue hace mucho —dijo con melancólica firmeza.

—Lo sé. Sucede que hechos... O mejor dicho, descubrimientos recientes, nos han llevado a reabrir el caso.

—¿Y se puede saber qué descubrieron?

Ahora la voz de Morris vaciló. Una vez más fue un segundo, una zozobra que oídos diferentes a los de Tom —no habituados a percibir esos matices— habrían pasado por alto.

—Me temo que no puedo compartirle esa información, señor Morris.

Él asintió con la cabeza, varias veces, en silencio y mirando al piso. Se asemejaba a un gesto de penitencia.

—Entiendo. Entonces, dígame en qué puedo ayudarlo. Sabrá que declaré como testigo en el momento en que ocurrió.

—Lo sé.

—Y aun en ese momento no tuve mucho que declarar: había hablado con Peter en la semana y quedamos en cenar juntos. Él vendría con su esposa, y yo... —Morris pareció arrepentirse de decir algo, y cortó la frase para comenzar otra —: en fin, lo cierto es que esa noche nunca apareció. Lo llamé por teléfono y fue inútil.

—Discúlpeme que le pregunte, pero tengo entendido que en esa ocasión los Carson iban a cenar junto con usted y su mujer. Ella, su mujer, quiero decir, está ahora...

—Nos hemos divorciado, si a eso se refiere.

—Lo lamento. ¿Fue algo reciente?

—¿Esa información también es para mi perfil de testigo?

Tom creyó percibir un dejo de sarcasmo en la voz de Morris. Aunque su tono era tan apagado y monocorde que resultaba difícil de asegurar.

—Pongamos que sí —respondió Tom y le lanzó una sonrisa.

—Casualmente, nos divorciamos unos meses después de aquella desaparición. Aunque ya estábamos mal desde antes. —Hizo un silencio, acaso evocativo—. ¿Usted está casado? Se lo pregunto para mi perfil de interrogadores.

Tom sonrió otra vez. Así que, después de todo, el bueno de Ted mantenía cierto sentido del humor.

—No. Tengo novia, pero no estoy casado.

—Manténgalo así. Una mujer fascinante cuando uno la ve tres o cuatro veces por semana puede convertirse en un infierno si uno convive con ella. O en algo peor que el infierno: en un lugar aburrido y vacío. Un lugar en el que nada sucede, ni bueno ni malo, ni de ningún tipo.

Sin pretenderlo, Tom debió de haber tocado alguna fibra sensible. Insistió en atacar ese flanco. Su siguiente comentario buscó establecer una especie de complicidad masculina, de esas que generan los bares y los eventos deportivos. Como buen borracho, Morris debería estar acostumbrado a ello.

—Las mujeres, tarde o temprano, dejan de comprendernos. Eso me dijo una vez un amigo.

Tom acababa de improvisar esa frase, típica de algún amante herido.

—Su amigo no está del todo errado, pero yo le haría una corrección: las mujeres nunca nos comprenden. Solo que, en un principio, fingen hacerlo por conveniencia. Pero después… —Ahora Morris parecía haberse olvidado de que Tom estaba allí. Era como si hablara solo o le hablara a su imagen en el espejo—. Uno debe hacer sacrificios para sostener una familia, uno debe, a veces, hacer cosas que no lo ponen orgulloso. Las mujeres te terminan abandonando, siempre: si lo haces, porque lo hiciste y está mal; si no lo haces, porque al no hacerlo dejas de conseguir tus objetivos, lo que ella también quiere, lo que todos queremos.

Las referencias resultaban absolutamente elípticas. Sin embargo, Tom supuso que esas últimas palabras se referían al dinero, aquello que todos quieren.

Interesante, se dijo. Muy interesante.

—Bien, señor Morris —cuando Tom habló, el otro lo miró como quien recién despierta de un ensueño—, si usted no tiene nada que declarar, aparte de lo ya dicho, lo dejaré en paz.

Morris asintió y lo acompañó hasta la puerta. Cuando abrió, la llave le temblaba: pulso de alcohólico.

Tom se despidió y volvió al coche.

Su intención nunca fue obtener información adicional por parte de Morris. Su historia era bien breve, y no había por dónde indagar demasiado. Lo que él había querido era conocerlo en persona, verle la cara: es muy diferente a leer las declaraciones en los expedientes. Y, ya conducienco el coche, se dijo que el viaje no había sido en vano. Ese hombre ocultaba algo. Quizá el hecho de que la separación, y su evidente decadencia, se hubiese producido poco después de la desaparición de los Carson fuera una pura casualidad; pero quizá no...

~

Ese día, Tom no habló más con Nadine: ella debió irse temprano de la comisaría, y cuando él llegó de casa de Morris ya no estaba.

Ahora Tom compartía una cena con Yvette, otra vez en su viejo apartamento —aunque, técnicamente, nunca dejó de ser su vivienda—. Sabía que a su novia le encantaba que le compartiera cuestiones relacionadas con su trabajo; y como no había podido hablar con Nadine y sus conclusiones del diálogo con Morris le ardían en la garganta, se puso a contarle a Yvette.

—¿Y qué piensas al respecto? —preguntó ella una vez que él hubo relatado con detalle la breve interacción, aunque sin incluir sus opiniones al respecto.

Tom se llevó a la boca un pedazo de pollo de la abundante ración de ensalada César que se había servido. Mientras masticaba, dijo:

—Lo primero, es evidente que algo terrible le sucedió a aquel hombre. Nadie pasa de ser un tipo aparentemente normal a un despojo humano con olor a alcohol por un asunto de poca monta. Debe ser algo tortuoso, algo que quizá lo hace sentir culpable.

—Algo que debió compartir con su esposa y que ella no soportó.

—Muy bien, mi amor. Exacto. Y si es algo que sí o sí debes compartir con tu esposa, aun a sabiendas de que a ella no le gustará, puede que se trate de algo público. Quiero decir, algo que ella igual iba a saber de una o de otra manera.

—Algo público, como las declaraciones sobre un crimen.

—En este caso, bien podría ser una falsa declaración. Quizá Morris encubría a alguien, o a él mismo… ¿Y si él cometió el crimen y su mujer no lo soportó?

—Pero faltaría un móvil. ¿Qué beneficio obtendría Morris con la desaparición de su amigo y la familia?

Tom se echó hacia atrás y aplaudió:

—Excelente, una vez más. Veo que esas novelas que sueles leer dan su rédito. Como te he comentado varias veces, esa parte del oficio es absolutamente cierta: para saber que estamos ante un firme sospechoso, los detectives necesitamos un móvil, y una oportunidad. Claramente, Morris tuvo la oportunidad, pero carece de móvil.

—O, al menos, todavía tú no lo averiguas.

—Exacto. Esa será mi misión. Además de interrogar a la señora Neville.

—Sí. Por otra parte, no tiene sentido que hayamos encontrado esos trapos y esas manchas de sangre en la casa de la señora Neville, y que Morris sea el culpable del hecho. Si él hubiese asesinado, pongamos, a la familia Carson, lo hubiese hecho en su propia casa, dado que ellos se dirigían hacia allí.

—Eso también lo pensé. Cabe la posibilidad de que la espantosa vida que, a todas luces, Morris ha llevado desde poco después de acontecido el hecho sea una casualidad. Pero, hasta que se demuestre lo contrario, yo solo creo en las «causalidades».

Yvette alzó su copa de vino —a pesar de su rigurosa dieta, se permitía esos pequeños lujos de tanto en tanto, en especial cuando la visitaba Tom.

—Brindo por mi novio, que con su brillantez deja en ridículo a todos los detectives de los libros y de la vida real. Estoy segura de que terminarás por resolver este caso.

Sonriendo, sin tomarse demasiado en serio esos halagos —aunque contento de recibirlos—, Tom cogió la copa. Pensó en lo que Morris había dicho sobre las mujeres: con los ojos fijos en Yvette, se dijo que él estaba en completo desacuerdo con aquellas amargas afirmaciones, y deseó que la vida no le diese motivos para cambiar de opinión. Por ahora, no parecía ser ese el caso.

25

NADINE MANEJABA el coche por esos caminos algo bucólicos, los que tanto le gustaban a Yvette y que empezaban a presentarse ante la vista cuando uno abandonaba el centro de Boston y se internaba en las afueras.

Tom iba a su lado, echado en el asiento del acompañante. Recordaba, casi sin poder creerlo, que hacía poco había hecho el mismo viaje en circunstancias muy diferentes, junto con una Yvette entusiasmada por su hogar soñado. En verdad era difícil concebir cuánto cambiaban las cosas en tan poco tiempo.

Ahora los dos detectives se dirigían a interrogar a la señora Neville. Aunque, más que un interrogatorio, sería una mera conversación: dudaban de que pudiesen sacar de sus declaraciones algo más de lo que los investigadores sacaron en su momento. La señora Neville lógicamente, repetiría lo de siempre. O quizá menos, dado que los años —y acaso la voluntad, consciente o no, de olvidar sucesos tan horribles— afectarían la nitidez de sus recuerdos.

Tom se había acordado, varias veces durante el largo viaje,

de su charla telefónica con la sargento Caspian, que fue breve pero intensa. Se acordó de aquello que ella le dijo, sobre que en su momento se pusieron a girar en círculos y no cerraron antes el caso por mera dignidad —o vergüenza— profesional. No tenían punta de ovillo de la que tirar para desenredar el caso. Esa había sido, Tom acababa de acordarse, la metáfora que Caspian usó.

Y él, junto con Nadine, se sentía en una situación similar: un *remake* de aquel desconcierto, aunque puede que incluso peor, como suele pasar con las versiones de películas antiguas que pergeñaba últimamente el cine norteamericano. Según hablaron entre ellos, los dos tenían un desaliento semejante al de alguien que ha perdido un objeto en su casa y da vueltas una y otra vez, revisa los mismos sitios y entra y sale de las mismas habitaciones, cada vez más desanimado. Tom debía admitirse a sí mismo que sus sospechas, sus vagas inferencias respecto a la actitud de Morris o a la de Grant Dorset, no eran más que eso: sospechas que casi rozaban la corazonada. Análisis psicológicos que, en el mejor de los casos, podían resultar útiles para orientar una investigación o ayudar al detective a desarrollar una mejor estrategia, pero que de ningún modo constituían una evidencia ni nada. Carecían —él y Nadine también arribaron juntos a esa melancólica conclusión— de un caso sólido. Más allá del descubrimiento azaroso de Tom y de Yvette en «la casa de la abuela» —esos trapos ensangrentados—, el caso seguía siendo puro humo, un misterio gaseoso, inasible, que se les escapaba de las manos.

Ya se acercaban a la casa, que destacaba entre las hileras de árboles y las otras fachadas, mucho menos imponentes.

—Aquí estamos —dijo Nadine, que se había negado a alternar el manejo durante el viaje.

Bajaron. Fue Tom quien golpeó a la puerta, tratando de

llegar a los ancianos oídos de la señora Neville sin sonar tampoco demasiado prepotente.

Debieron esperar un par de eternos minutos hasta oír el ruido rápido de los pasos de la señora. Tom recordó los pasos de ese anciano prematuro llamado Ted Morris: habían sonado igual, como los de un ser humano que carga con una mochila de plomo.

Antes de que ella preguntara quién era, Nadine los anunció a los dos en voz bien alta.

Al fin, la puerta se abrió. Y detrás los aguardaba la encorvada figura de la señora Neville. A Tom se le antojó aún más vieja y más frágil que nunca. Un brillo particular le tomaba los ojos: signos acaso de unas futuras cataratas, o una melancolía contenida. Sonreía: una risa extraviada, senil, de labios secos y de un rosa desgastado.

—Pasen, detectives —dijo y la voz también parecía rompérsele, más allá de la dignidad con la que intentaba sostenerla y la sonrisa que no se resignaba a borrar de su rostro arrugado.

Tom y Nadine la siguieron hasta la sala de estar, que Tom conocía muy bien. Sin embargo, varias cosas habían cambiado. En especial, la decoración. Sobre la mesa redonda de vidrio había retratos y adornos que no estaba allí durante el incómodo fin de semana que Tom pasó en la casa junto con Yvette.

—Ni sé si usted sabe, señora Neville —dijo Tom, buscando algo más que romper el hielo— que yo conozco esta casa.

—Sí, lo sé —dijo la señora con la voz algo más firme que al principio—. Me dijo la señora Dupuis que la chica que estuvo a punto de comprar esta propiedad es su novia. Una joven muy agradable, no soy capaz ahora de recordar cómo se llama...

—Yvette —dijo Tom—. Y recordará que era, además, la hija de la señora Dupuis...

—Sí, sí, por supuesto.

Aquella última afirmación no se le había antojado a Tom tan convincente.

Dijo:

—Yo estuve con ella parte del fin de semana que pasó en la casa. No puedo ahora evitar advertir —Tom lo comentó en el tono más casual posible— que la decoración ha cambiado.

La señora Neville hizo un gesto de extrañeza. Miró a su alrededor, hasta que su vista encontró la mesa y los adornos.

—Ah, sí —dijo recuperando su sonrisa habitual—. Eso fue mi culpa.

—¿A qué se refiere? —intervino Nadine.

—Sabía que esa chica, Yvette, se hallaba muy entusiasmada con la idea de mudarse aquí, así que di por hecha la venta y pedí ayuda para adelantar el traslado de algunos objetos. Un grave error de mi parte.

—¿Y quién la ayudó? —volvió a decir Nadine—. Si me permite preguntar...

La señora Neville, tras lo que se vio como una leve vacilación, dijo:

—Contraté un servicio de transportes.

Tom dijo que lamentaba los gastos ocasionados. Pero, en realidad, lo que le llamó la atención fue la incoherencia en sus palabras: nadie utiliza la expresión «pedí ayuda» cuando contrata a un servicio. Aquella expresión corresponde a situaciones en las que, justamente, se pide un favor. Un servicio, como bien dijo la propia señora Neville, se contrata; y el cumplimiento de ese contrato no tiene nada que ver con el acto desinteresado de ayudar al prójimo. Aunque la gente no sea consciente de esas cuestiones lingüísticas —sobre las que Tom reflexionaba por serles de utilidad en su oficio—, resultaba raro que no las respetasen de modo automático.

Quizá, se dijo Tom, él le estaba atribuyendo demasiada importancia a un simple término empleado de forma poco natural. O quizá se tratara de otro síntoma de que la mente de la señora Neville empezaba a jugarle malas pasadas, como suele ocurrirles a las personas de edad avanzada. Sí, acaso se trataba de eso.

O no. Acaso ella quería que él y Nadine «pensaran» que se trataba de eso.

O, directamente, la señora Neville mentía. La incongruencia lingüística a menudo delata al mentiroso.

Con un ademán, la anciana mujer los invitó a sentarse en un sillón para dos, semejante al que ocuparon cuando visitaron la casa de Grant Dorset, aunque visiblemente más viejo.

—Qué mal educada soy —dijo la anciana, todavía sin ocupar una silla cercana al sillón y disponible para ella—. No les he ofrecido nada. ¿Quieren un café o un té?

Como de costumbre, Tom y Nadine optaron por un café negro. La señora dijo que iría a prepararlo y caminó a paso lento hasta la cocina.

A solas, Tom le comentó a Nadine sus impresiones, brevemente. Nadine se puso de pie, con esa juvenil osadía que Tom admiraba en ella, y se acercó a la mesa de los retratos. Los movió apenas, para verlos mejor, hasta que tomó uno de ellos y se lo puso más cerca de los ojos. A Tom lo intrigó la expresión de sorpresa que ella acababa de poner. Nadine no ponía esa cara por cualquier motivo.

Volvió a sentarse junto a él. Miraba de refilón la cocina, desde donde salía el ruido de la tetera calentándose y de tazas moviéndose.

—¿Qué viste? —le preguntó Tom.

—Necesito procesarlo en mi cabeza —contestó ella con

notoria perplejidad—. Quizá se trate de un delirio o de una tontera, pero creo que esta amable abuelita no es lo que parece.

Tom conocía esa sensación de saber que se estaba por descubrir algo, pero no poder decir qué, precisamente porque todavía no se descubría. Un sentimiento contradictorio, comparable al acto físico de no poder expulsar un estornudo que, sin embargo, uno no tiene dudas de que tarde o temprano saldrá.

26

La señora Neville regresó. Llevaba una bandeja con tres cafés, el de ella con leche.

Nadine y Tom se sirvieron y le dieron las gracias. La señora se sentó en la silla desocupada. Después Nadine entró en materia:

—Sé que resulta ingrato para usted regresar a ciertos recuerdos, y más aún cuando ya debió declarar ante la policía en el pasado. Sin embargo, usted sabrá también que mi colega y su novia, por mera casualidad, realizaron unos descubrimientos que podrían arrojar algo de luz sobre la causa.

—Sí —dijo la señora—, sé que unos policías estuvieron aquí, aunque ignoro qué cosa habrán encontrado. —La mujer miró a Tom al decir esto último.

—Algunos trapos manchados, en una pared ahuecada —contestó él—. ¿Usted sabía de esta extraña, digamos, construcción?

Sonriendo, como casi siempre, la señora Neville negó con la cabeza.

—Quisiéramos que nos relatara —retomó el hilo Nadine

— lo que sucedió aquella noche en que desapareció su familia.

Tal como era de esperarse, la mujer repitió lo que Tom y Nadine —y gran parte de la Policía de Boston y todo el que leyese diarios hace unos años— se sabían de memoria: los Carson fueron a cenar donde un amigo, Ted Morris, y nunca más regresaron. La señora Neville se despertó al otro día y, al comprobar que seguía sola en la casa —la noche anterior se había acostado temprano, y asumió que el resto de la familia regresaría más tarde—, llamó a Morris:

—Ted me dijo que él había llamado a la casa durante la espera de la cena frustrada, cuando le pareció que sus invitados se retrasaban más de la cuenta, y le preocupó aún más que ellos no contestaran los mensajes y llamados a sus móviles. Yo debí haberme dormido muy profundamente, ya que jamás oí el teléfono. Creo que había tomado alguna pastilla, no sé para qué dolor, pero de esas que pueden causar…

—Somnolencia —dijo Nadine, saliendo en auxilio de la señora Neville.

—Eso, somnolencia. Además, siempre tuve el sueño pesado, especialmente las primeras horas. Ahora estoy vieja y me despierto temprano, aunque no tenga nada para hacer. Cosas de viejos, por fortuna a ustedes les falta mucho para llegar a mi edad y a mis achaques…

Esa digresión amenazó con extenderse, pero —para alivio de Tom y Nadine— la señora Neville la interrumpió y los miró a los dos con su eterna sonrisa, buscando complicidad. Ellos sonrieron también. Nadine pasó a otra pregunta:

—Dígame, señora Neville, ahora que ha pasado el tiempo… ¿Nunca logró recordar algo anormal en el comportamiento del matrimonio Carson y de su hija Sarah? Me refiero a cualquier cosa fuera de lo común, especialmente durante los últimos días o semanas antes de su desaparición.

—No importa que a usted le parezca insignificante —intervino Tom—. Cualquier cosa puede servir, aunque a simple vista no aparente tener ninguna relación.

La señora Neville se puso seria por un momento y apuntó los ojos al suelo.

Raro, se dijo Tom: quien intenta recordar, o evoca eventos del pasado, suele apuntar los globos oculares hacia arriba. Es una reacción automática del cuerpo.

La anciana levantó la vista y miró a Nadine:

—Si no pude recordar nada en ese momento, querida, mucho menos podré ahora. —Aquel «querida» era el que una abuela usaría para llamar a su nieta: de repente, la señora Neville rompía las reglas implícitas en un trato formal, y más aún con policías en el medio. Esta vez Tom no vio nada anormal en ello: los ancianos, con todos los pesares que debían sufrir, comenzando por los que derivaban de las inclemencias de la edad, a menudo se daban el lujo de saltearse ciertas convenciones sociales, y las personas más jóvenes condescendían a ello.

—Entiendo —dijo Nadine sin dejarse ablandar. Tom conocía la tenacidad y el aplomo de su compañera. Sabía que no se dejaría engatusar, y que no iba a ver a la señora Neville como una abuelita inofensiva. No en un caso en el que, dada la carencia de sospechosos puntuales, de algún modo todos los implicados terminaban por caer bajo sospecha.

Hubo algunas preguntas más, que no favorecieron ningún hallazgo. Tom se sentía encerrado en una pura repetición y su fe se reducía a ese rostro de Nadine al mirar los retratos. Y Nadine, justamente, se había puesto de pie, aduciendo que tanto tiempo sentada le hacía doler la espalda. La señora Neville aprovechó, otra vez, para recordar su avanzada edad y los consecuentes achaques y todo aquello. Pero Tom sabía cuál era la verdadera intención de Nadine. Y después se darían cuenta de que fue una gran casualidad que ella, justo cuando se acercaba a los retratos, sobre los que quería preguntarle a la interrogada, dijera:

—Señora Neville, disculpe mi curiosidad, ¿en dónde pasó usted los días en los que Yvette Dupuis ocupó la casa?

Y apenas dijo esto, con aire tan fingidamente casual como el de Tom a la hora de formular ciertas preguntas, Nadine miró uno de los retratos. No solo eso, apoyó la mano sobre la mesa, casi tocando el retrato, para que la señora Neville se diese cuenta de que ella miraba allí.

—Me quedé en la casa de mi hermana, la mujer que está junto a mí en esa foto.

Esta vez, la sorpresa por esa casualidad —esa rara sincronización entre las palabras y el acto físico de ella— no pudo ser ocultada por Nadine, que abrió bien los ojos.

Mostró la foto a la señora Neville, aunque obviamente ella la conocía, y a Tom.

—Somos muy parecidas —dijo la señora—. Esa foto fue durante el cumpleaños de Peter. Yo salí sosteniendo una vela, ja, ja.

—¿Gemelas? —preguntó Tom.

—Casi —replicó la señora. Una respuesta que Tom juzgó lacónica, dados los extensos hábitos verbales de la mujer, y casi misteriosa.

En la foto, las dos mujeres —tendrían unos diez años menos que en la actualidad— posaban frente a la cámara, pasándole cada una a la otra el brazo por detrás de la cintura. Una de ellas sostenía una vela de cumpleaños, tal como había dicho la señora.

—Supongo que usted es la de la derecha —dijo Nadine.

Al oír eso, Tom notó que el rostro de la señora Neville empalidecía. Y, por un segundo, su sonrisa se transformó en un par de labios de piedra.

—¿Cómo se dio cuenta? —preguntó la señora Neville. El tono de su voz sugería una hasta ahora inédita gravedad.

—Por esa pequeña verruga que usted tiene en la mano —contestó Nadine con esa juvenil naturalidad que rozaba el desparpajo. Tom se dijo que él no se hubiese atrevido a hablarle a una mujer mayor de sus verrugas.

Salvo que tuviese buenos motivos para hacerlo, como él sospechaba que los tenía Nadine.

La señora Neville echó hacia atrás, instintivamente, la mano de la verruga y la cubrió con la otra. Después miró a Tom y a Nadine. Recuperó su sonrisa y descubrió la mano. Y dijo, recuperando también su tono cordial:

—Ustedes son muy observadores. Pero supongo que es lo que una debe esperarse de un par de buenos detectives, ¿no?

—Hacemos nuestro trabajo, señora Neville —contestó Nadine con cierta frialdad.

—¿Y dónde vive su hermana? —preguntó Tom.

La señora Neville mostró un gesto amargo. Agachó la cabeza y dijo:

—Leonor... que así se llamaba ella... Leonor murió hace unos años, se la llevó una horrible enfermedad. Yo sigo hablando de la casa de mi hermana, en presente, pero en realidad ya no es la casa de ella, sino de sus hijos, mis sobrinos. Ellos me recibieron durante el tiempo que la señorita Yvette pasó aquí en esta casa.

27

En el coche, Nadine no se hizo de rogar. Apenas arrancaron, y sin que Tom tuviese necesidad de preguntarle, dijo:

—Sospecho que acabamos de hablar con la abuela equivocada. O, mejor dicho, con una abuela que miente respecto a su identidad.

—¿A qué te refieres? —preguntó Tom.

—Tú viste la foto de lejos, pero yo la observé de cerca, con atención.

—Y...

—Esas mujeres son muy parecidas, en especial si uno las ve desde cierta distancia o de un vistazo rápido. Pero, para el observador atento y bien ubicado, son perfectamente distinguibles.

—Sí, y de hecho tú las distinguiste por aquella desagradable verruga. Pero todavía no sé a dónde quieres llegar.

Nadine hizo una pausa y respiró hondo, como si le costara decir lo que iba a decir:

—Es fácil darse cuenta, por el rostro de cada una, quién es quién en esa foto. La señora Neville empalideció cuando yo le dije que ella era la de la derecha y señalé el detalle de su verruga. ¿Sabes por qué?

Tom negó con la cabeza.

—Porque ella dijo haber salido en la foto sosteniendo una vela —siguió diciendo Nadine—. Y, sin embargo, es la de la izquierda quien sostiene la vela. Y la mujer de la izquierda no solo no es la que tiene la verruga, sino que mirando con atención su rostro, me di cuenta de que no se trata de la señora Neville.

—Sino de la hermana muerta…

Se quedaron en silencio durante unos segundos. Tom dijo:

—Quizá la memoria volvió a jugarle otra mala pasada. A veces uno confunde sus actos con los de otro, en especial un acto mínimo como sostener una vela ante una cámara de fotos.

—¿Tú crees eso? —preguntó Nadine—. ¿Crees que estamos ante una pobre señora que incurre en incoherencias simplemente por efectos de la edad?

Tom miró a Nadine. Y le dijo con una sonrisa de triunfo:

—No, Nadine. En absoluto creo que ese sea el caso.

28

—No vas a creer esto —dijo Nadine, con los ojos más abiertos que nunca, frente a la pantalla de la computadora de la comisaría.

Tom se acercó. Llevaba en la mano su infaltable taza de café; el de Nadine se enfriaba en el escritorio.

Tom observó la pantalla, era una foto de archivo. Debajo de la esta había un nombre escrito: Leonor Neville.

Y, sin embargo, el rostro era el de Evelyn Neville. No faltaba ni siquiera su sonrisa tan particular.

Los dos detectives —que creían haberlo visto todo en sus años de profesión— se quedaron en silencio, como si ninguna palabra pudiera hacerle justicia a la locura que demostraba aquella foto.

Nadine estaba en lo cierto: ellos no venían de visitar a Evelyn, sino a Leonor.

¿Y por qué había incurrido Leonor en esa sustitución? ¿Por qué habría de hacerse pasar por Evelyn?

Los dos lo pensaron, sin preguntarlo en voz alta. Sin

embargo, Nadine sí pronunció en voz alta un atisbo de respuesta:

—Debemos comprobar quién era la única heredera de los bienes de los Carson. Estoy segura de que hallaremos el nombre de Evelyn Neville.

Nadine se puso a revisar la base de datos en la computadora. Además, abrió algunos archivos con facsímiles digitalizados de diarios de la época, artículos de investigación escritos de manera seria y cualquier documento que pudiese resultarles útil.

Tom ojeaba, por millonésima vez, los folios físicos del caso. Cuando uno buscaba un dato distinto o contaba con nueva información, o —más claramente aun— con una nueva hipótesis, cada documento que revisaban, cada evidencia que veían y hasta cada implicado con el que se entrevistaban adquiría ante sus ojos una nueva luz. «La luz renovada de la verdad», se dijo Tom, no sin algo de pompa.

Tom también se dedicó a otra tarea indispensable: preparar y poner a funcionar la cafetera.

Mientras trabajaban, Tom y Nadine discutían el modo en que podrían encarar la cuestión: tener una hipótesis, por sólida que resultara a la consideración de ellos, no equivalía a tener un caso, y mucho menos a convencer a un juez para que tomara cartas en el asunto.

—No es tan fácil probar que una persona no es quien desde hace años ha afirmado ser —dijo Tom.

—Y mucho menos cuando esas dos personas son hermanas gemelas.

—Casi gemelas, recuerda lo que dijo la señora Evelyn Neville.

—Leonor —corrigió Nadine, y en su sonrisa había menos sarcasmo que franca perplejidad—. Recuerda tú que, hace un par de horas, con quien hablamos fue con Leonor Neville.

A Tom volvía a ponérsele la carne de gallina. No era miedo: era una mezcla de sorpresa con la excitación de hallarse a las puertas de resolver un caso legendario, y desentrañar el misterio de la famosa «casa de la abuela» que había derrotado a tantos investigadores y que mantuvo en vilo a los periodistas y a la opinión pública.

Aun a sabiendas de que incurría en un acto de reprobable vanidad —y que él siempre había criticado el amarillismo de cierta prensa—, se imaginaba su foto y la de Nadine bajo las rotundas letras negras de los titulares: «Al fin, después de siete años, se descubre el misterios de "la casa de la abuela"». Y, debajo de esas palabras, la gran sorpresa, un efectismo digno de la más rimbombante novela de misterio. Aquella era la casa de la abuela Neville, sí, pero no de Evelyn, sino de Leonor, su hermana.

Tom recordaba aquella charla que tuvo con Yvette, hacía no mucho tiempo, sobre el oficio del detective. Hablaban de lo vital que resultaba, a la hora de señalar a un sospechoso, que el señalado contara con un móvil y con una ocasión para cometer el ilícito. La señora Neville —«Leonor» Neville, se repetía Tom, y todavía no era capaz de creérselo del todo— contaba con ambas cosas, y en gran medida.

El móvil, sin lugar a dudas, era la obtención de la herencia, tal cual lo había sugerido Nadine. Y, justamente, ahora ella acababa de obtener ese dato. Sin apartar la vista de la computadora, en la que estaba leyendo, dijo:

—En efecto, es tal cual como lo habíamos sospechado. Evelyn, madre de la mujer de Peter, constaba en el testamento legal como heredera de la fortuna del propio Peter, su yerno, en el caso de que él muriese antes que ella.

—Pero —completó Tom— si Sarah y la mujer de Peter también murieran, o desaparecieran...

—Todo pasaría a manos de la señora Evelyn Neville, por línea hereditaria.

—Hacerlos desaparecer a todos, que los potenciales herederos cayeran unos después de otros como fichas de dominó. —A Tom le estremecía pensarlo, ya que resultaba siniestramente lógico—. Salvo que, aquí, varios cayeron exactamente al mismo tiempo, y me refiero a los Carson.

—Un efectivo atajo para hacerse de una interesante fortuna. Aunque la señora con la que hablamos hoy tenía algunos problemas. En primer lugar, ella no era Evelyn Neville, sino Leonor; y, en segundo lugar, aunque hubiesen desaparecido Sarah y el matrimonio Carson, Leonor continuaba vivita y coleando.

—Hecho que se solucionó con una supuesta enfermedad.

—Que sin duda... —Nadine se paró y fue a buscar el café que ya estaba listo—. Habrá tenido mucho más de supuesta que de enfermedad. Según lo que comprobé recién en los archivos, la señora Leonor Neville, que si estamos en lo cierto en realidad era Evelyn, murió apenas un par de meses después de la desaparición de los Carson.

—Otra muerte muy conveniente. —Tom tomó la humeante taza que Nadine le acababa de acercar—. Se podría haber realizado por medio de algún veneno, de esos que no dejan rastros o provocan fallas cardíacas que un análisis juzgaría naturales, y más en una persona mayor. Pero creo que todavía nos falta ahondar en una cuestión importante.

—¿Cuál?

—Ya tenemos claro los móviles del crimen, y el modo en que se desarrollaron los acontecimientos. Ahora nos falta averiguar el cómo. Dudo que Leonor Neville haya podido hacer todo esto sin ayuda. Me pregunto si Ted Morris, por ejemplo, no estará involucrado...

—Es posible, tanto como puede que no. Él bien pudo invitar a los Carson inocentemente a cenar y la señora Neville, o más bien alguien a sus órdenes, haber aprovechado esa situación.

—De todos modos, creo que le haré otra visita a solas —dijo Tom—, y seré un poco menos amable que en la anterior. Ahora tengo un par de buenas amenazas en el bolsillo.

—Legalmente —dijo Nadine, melancólica—, no creo que tengamos mucho con qué asustarlo. Al menos, no de momento. Sin evidencia sólida, no podremos meterlo en una jaula.

—No tenemos mucho, no. —Tom se puso de pie y sonrió con malicia—. Pero él no es un experto. Que yo sepa, no es abogado ni policía ni nada de eso, no puede saber exactamente qué podemos hacerle y qué no.

—Salvo que alguien lo haya asesorado…

—Hoy estás algo negativa, Nadine, aunque debo darle cabida a la posibilidad que planteas. Pero ya veremos qué tan bien asesorado está.

—Bien —dijo Nadine—, yo creo que le haré otra visita a Grant.

—¿A Grant Dorset? Con la señora Neville tuvimos un gran golpe de suerte, aprovechado por tu capacidad de observación, pero no creo que a Grant le saques mucho interrogándolo de nuevo.

—¿Y quién dijo que voy a interrogarlo? —respondió Nadine. Y, ahora, fue ella quien miró a Tom con ojos vivaces y sonrisa maliciosa.

29

LLEGÓ el viernes y Tom se reunió con Yvette en el apartamento de ella. Le contó la hipótesis, bastante firme, a la que habían llegado junto con Nadine:

—Eso sí que es digno de una novela policial —comentó su novia.

Tom asintió. Yvette volvió a hablar:

—No te lo dije porque no quería hablarte de tu trabajo apenas llegabas, y menos un viernes en la noche. Pero, ya que sacaste tú el tema, te diré que mi madre me llamó y me dijo que los informes sobre la reforma que se hizo en la casa hace unos años están en blanco. Es como si no existiese.

—¿Es común ese error?

—No, en absoluto. Mi madre me lo aseguró. Me dijo que es más o menos común que haya alguna confusión, y se indique una reforma por otra o algún dato resulte impreciso. Pero si lo único que aparece es un espacio en blanco es porque alguien no declaró lo que debía declarar.

—O algún empleado recibió un interesante soborno por no completar ese apartado en los registros —sugirió Tom, que se había puesto de pie y deba vueltas por el apartamento. Yvette se dijo que, psicológicamente, era como si él acabara de regresar a la comisaría: su cabeza estaba allí. Pensó en que otro tipo de novia —una que no adorara los enigmas y la literatura policial— llegaría a detestar esa costumbre, esa rara manera de llevarse el trabajo a casa —a la casa de ella, en esta ocasión—. Sin embargo, en ese sentido, Yvette no era una novia cualquiera.

Además, resultaba innegable que el caso la había afectado a ella personalmente. Esta vez, Yvette era parte del trabajo de su novio. Nunca podría participar como investigadora, pero el destino le había concedido —con agria ironía, de una manera que ella no hubiese deseado— la chance de participar en calidad de involucrada.

—Yo hablé con Ted Morris —dijo Tom.

—¿De nuevo?

Él asintió.

—¿Y llegaste a algo?

—Si te refieres a si él me dio alguna información que yo no supiera, no, no llegué a nada.

—Pero… —dijo Yvette, que se imaginaba que Tom no se quedaría en ese comentario.

—Pero cada vez tengo las cosas más claras, y la visita a Ted me ha proporcionado un as que pienso usar ante la señora Neville, pase lo que pase.

Y así, con esa enigmática declaración, Tom propuso cambiar de tema.

~

Resultaba infrecuente que Tom y Nadine se comunicasen durante los fines de semana: de lunes a viernes compartían tantas horas y tantas conversaciones como un matrimonio —y más, acaso, que ciertos matrimonios cuyos componentes ya están hartos uno del otro—. Por lo tanto, hablarse entre sí también el sábado o el domingo comportaba un auténtico exceso.

Sin embargo, había momentos —y casos— excepcionales. Y cuando el sábado a la tarde sintió que su móvil le vibraba en el bolsillo, la intuición le dijo a Tom que se trataba de un llamado de su compañera.

Y, efectivamente, fue Nadine quien lo saludó desde el otro lado de la línea:

—Tengo algo que decirte. Pero creo que será mejor que te sientes.

Tom tomó aquella advertencia en sentido figurado, por supuesto. Y esa negligencia casi le cuesta caerse de espaldas al suelo.

En verdad, lo que la acababa de decir Nadine era una sorpresa absoluta, capaz de aflojarle las rodillas a cualquiera.

30

Y LLEGÓ EL LUNES. Día en que Tom y Nadine decidieron regresar a la casa de la señora Neville.

Eran las dos de la tarde. Los dos detectives habían discutido durante toda la mañana, y aun durante el viaje, la conveniencia de volver a la casa de la señora Neville. O, mejor dicho, la conveniencia de volver tan pronto.

Nadine pensaba que, primero, debían investigar más a fondo, enfrentarse a la señora con un caso mejor estructurado y sostenido por una mayor cantidad de evidencias. En otras palabras, lanzarle acusaciones más sólidas y sustentables.

Tom opinaba que sí, que a él también le gustaría contar con evidencias más contundentes que la ubicación de una verruga, una foto en que una anciana confunde a su hermana con ella misma —cualquiera lo adjudicaría a los efectos de la edad, que tan bien difundía la propia señora Neville—, un informe mal hecho sobre las modificaciones en la casa, unos trapos ensangrentados y una carta de amor que nadie podía asegurar que realmente tuviesen algo que ver con el caso, y las meras intuiciones sobre Ted Morris o Gran Dorset y que no convencerían a juez alguno. No solo por tratarse de eso, de meras intuiciones, sino por lo convenientes que resultaban para los investigadores del caso.

Para colmo, la imagen de ellos sería seriamente perjudicada si se los terminaba viendo como a un dúo de detectives ambiciosos que, en su afán de recibir atención resolviendo un caso famoso, van a la casa de una anciana y la presionan para confesarse culpable, lanzando disparatadas teorías sobre una verruga y una foto y otros elementos con los que la prensa amarilla se haría un festín. Tom y Nadine les darían de comer durante un año.

Sin embargo, y aunque Tom aceptaba todo esto, opinaba que en ciertas ocasiones había que jugarse el pellejo y ya.

—Si seguimos dando vueltas en círculo —dijo a Nadine en la comisaría—, entrevistándonos con la misma gente, fatigando en vano nuestro cerebro al ponerlo a meditar sobre las mismas evidencias, no llegaremos a nada.

Nadine daba muestras de comenzar a ceder. Y Tom aprovechó para acercarse a ella, tomarla de los hombros, y decir su última frase:

—Tú tienes dinamita, y yo tengo dinamita. Nos puede explotar en las manos, o con ella podemos hacer volar por los aires este misterio y arrestar a los culpables. —Tom hizo una pausa dramática y completó—: Lo que jamás nos perdonaremos, Nadine, lo que te llevará a arrepentirte durante el resto de tu vida y en lo que seguirás pensando aun cuando tengas nietos, es si dejamos que se nos seque la pólvora en las manos.

Tom, por supuesto, se había traído esa frase pensada desde su hogar. Había meditado sobre ella durante el fin de semana que pasó con Yvette: en los momentos en que su novia y él se quedaban callados, cada uno en su mundo, Tom agregaba una palabra, o quitaba otra, iba corrigiendo como si no fuese un detective, sino un escritor de novelas policiales.

Y, por fortuna para él, la frase había logrado terminar de convencer a su compañera. Y ya les faltaban unos pocos kilómetros para regresar a la casa de la abuela Neville. Y Tom respiró hondo. Deseaba no pensar, una vez que saliese de allí, que hubiese sido mejor hacerle caso a Nadine y quedarse en la comisaría.

31

Al fin estacionaron el coche en la puerta de la casa.

No le habían avisado a la señora Neville de su visita. Los dos, y en especial Tom, querían tomarla por sorpresa. Ella no se esperaría un segundo interrogatorio, y menos tan rápido.

Una media hora después —que se le antojó una eternidad a los detectives, pero más larga y penosa habría resultado para la interrogada— Tom y Nadine caminaban hacia el coche. Junto con ellos iba la señora Neville. Dada su edad, y el modo en que se había desmoronado, ellos decidieron ahorrarle la incomodidad de las esposas. Se trataba de un acto humanitario general, una confirmación de que la justicia no equivalía a la venganza, y no de algún tipo de piedad que les provocara la señora Neville: la crueldad de los crímenes y los años de impunidad de los que cínicamente había gozado «la abuela» lejos estaban de conmoverlos. Ya no le serviría su sonrisa de falso extravío, ni sus quejas sobre los supuestos achaques de la edad.

Metieron a «Leonor» Neville en el asiento trasero del coche. Tom y Nadine se quedaron afuera. Ella marcó en su móvil el número de la comisaría dispuesta a dar aviso:

—Fue muy arriesgado lo que hiciste —le dijo Nadine a Tom mientras esperaba que la atendiesen—. La presionaste asegurando que teníamos pruebas y testimonios que en realidad no teníamos. Si hubiera salido mal…

—Por suerte, salió bien. —Tom dejó escapar un suspiro: la mera perspectiva de un fracaso tras su agresivo interrogatorio le puso a galopar el corazón—. Siento que me quité de encima una mochila de veinte mil kilos.

—¿Cómo te atreviste? Yo no sé si hubiese tenido las agallas.

—La señora Neville es un ser frío y perverso. Pero también es una anciana, y parte de su extravío mental, creo, no es una actuación. Mitad por observación, mitad por instinto, aposté a que su resistencia mental no sería la de antes.

A Nadine la atendieron del otro lado de la línea, y ella avisó del arresto. Cortó y siguió la charla:

—Ella fue capaz de cometer un crimen aberrante, Tom, y de manipular a varias personas. ¿Por qué habría de ceder ante un simple interrogatorio?

—Porque una cosa es cometer un crimen aberrante y otra cosa es resistir la presión de un interrogatorio sobre ese mismo crimen, y ante alguien que te asegura que conoce todos los pormenores.

—Aunque no los conocíamos todos…

—No, la verdad es que no.

Instintivamente, y al unísono, miraron hacia el asiento trasero del coche. Cerca de la ventanilla, los ojos de la señora

Neville apuntaban hacia abajo, o eso diría uno objetivamente. Pero lo cierto era que, en su interior, Tom y Nadine sabían que apuntaban a la nada. O quizá a un insondable abismo. El abismo del pasado.

¿El abismo de la culpa desahogada? Tom se preguntó si ellos hubiesen conseguido triunfar sin la colaboración, aunque más no fuese de modo inconsciente, de Leonor Neville. Quizá, en el fondo, ya estaba muy vieja y muy cansada, y deseaba que la descubriesen. Tom pensó que ella iba a ofrecer más resistencia, pero comenzó a mostrar una inquietud notoria ante la primera de sus insinuaciones, y se quebró cuando él le lanzó la artillería pesada y directa.

Sí, se había quebrado más rápido de lo que él suponía.

Antes de subirse al coche, Tom volvió a mirarla: de un vistazo rápido, cualquiera podría seguir creyendo que estaba en presencia de una inofensiva y dulce anciana.

32

El viernes de la semana anterior —es decir, tres días antes—, Nadine se había dedicado a perseguir y espiar a Grant Dorset, del mismo modo que ciertos detectives privados persiguen a las esposas o maridos de sus clientes para comprobar si tienen un amante escondido.

A Nadine no le agradaba demasiado sentirse cercana a ese tipo de tareas; sin embargo, poco más tarde iba a sonreír con ironía al comprobar que ella también descubriría un romance prohibido. Aunque las implicaciones de cualquier infidelidad lucían como una inocentada en comparación con lo que atestiguó Nadine en el crepúsculo de esa tarde.

Seguir a un sospechoso es como la pesca de los aficionados: a veces, varias horas de inmovilismo y tedio desembocan en una súbita recompensa, si uno no cede al desaliento; la caña se mueve y el pescador con cierta experiencia se dará cuenta muy pronto de si la recompensa es grande o no.

Nadine «acompañó» a Grant desde que salió de la casa de sus padres. Ella llevaba un dispositivo útil para oír conversaciones a larga distancia: constaba de un pequeño micrófono equipado con un amplificador potentísimo, y conectado a un auricular, mediante el que Nadine recibía la información sonora. «El sueño de las chismosas de barrio», solían bromear en la comisaría.

Grant se había pasado bastante tiempo metido en su casa, lo que frustraba a Nadine. Hasta que lo vio salir, a pie, y no sin cierto apuro. Y lo siguió, ocultándose entre los coches estacionados y los árboles de las aceras, algunas veces, y otras veces caminando directamente detrás de él.

Grant se metió en una cafetería; Nadine esperó un par de minutos, por precaución, y se metió también.

Se sentó en una mesa relativamente alejada de la de Grant, pero que a la vez le permitía verlo con claridad, sin mayor riesgo de que él le devolviese la mirada. Esperó, de alguna manera, junto a él. Hasta que llegó la persona con quien él, sin duda, había pactado la cita.

Cuando la vio entrar, Nadine no tenía forma de saber que era ella quien iba a dirigirse a la mesa de su perseguido. Y, sin embargo, supo que sería así. Y no podía darle el crédito a su intuición ni a ningún poder adivinatorio; en todo caso, se lo debía a su memoria visual y al parecido que aquella joven conservaba, a pesar de los años, con la niña que había sido alguna vez.

Sí, a Nadine le costaba creerlo, y a la vez tenía la certeza.

La que acababa de entrar a la cafetería era Sarah Carson. Igual que en las varias fotos que ella vio, solo que con unos años más encima.

En su hermoso rostro había un contenido tormento.

Se sentó en la mesa de Grant. Nadine, con disimulo, activó el micrófono que tenía en el bolso. Los auriculares bien podían pasar por los de quien escucha música en su móvil.

Grant y la mujer hablaron cosas de las que puede hablar cualquier pareja, y sobre asuntos que Nadine desconocía.

Hasta que él la llamó por su nombre. Ella no se lo había cambiando, seguía llamándose Sarah.

Grant también hizo alusión a Tom y a la propia Nadine —«los policías que me molestaron la otra vez», dijo— cuando Sarah le preguntó si había vuelto a recibir alguna visita. Él respondió que no, que esos policías no lo volvieron a molestar.

Nadine no pudo reprimir una sonrisa.

33

En cuanto a Ted Morris, lo cierto es que Tom no había obtenido nada de él. A veces no existe hombre más impenetrable que quien ha perdido todo entusiasmo por la vida: nada le importaba, con nada se le podía extorsionar, amenazar, o incluso sobornar para que entregara a un criminal mayor que él mismo.

Tom también intentó buscar a la exmujer de Ted, pero le resultó imposible localizarla.

Sin embargo, al momento de encontrarse por segunda vez frente a la señora Neville, no dudó en echarle a la cara las piezas del puzle que él y Nadine creían haber conectado, ni en inventarse testimonios y evidencias:

—Ted Morris y Grant Dorset han confesado —dijo Tom—. No lo dijeron todo, pero lo harán. —El rostro de Leonor Neville ya no sonreía, ni le quedaban más ganas de interpretar su papel de viejita senil—. Sabemos que Sarah vive, y que usted no es Evelyn, sino su hermana. El Departamento y un juez de Boston nos avalan. Tenemos restos de ADN en los pañuelos que nos permitirán probar la verdad ante un jurado:

así que, señora Leonor Neville, le recomiendo que haga las cosas más fáciles y menos dolorosas, no tanto para nosotros, sino para usted misma. El juego terminó, confiese.

Si la señora Neville hubiese tenido alguna idea sobre cómo funcionaba el análisis de ADN, aquel bluf se habría derribado como un castillo de naipes. Nadine no sabía que Tom pensaba salirse de esa manera, y lo miraba como a un jugador de póquer que se juega su futuro económico en un intento de engaño: a todo o nada, gloria o muerte.

Después Tom le diría que había preferido no avisarle para no cargarla con la responsabilidad, y que si la jugada salía mal y la señora Neville, lejos de quebrarse, contraatacaba denunciándolos a ellos ante las autoridades, él planeaba asumir la completa culpa.

Por fortuna, no fue necesario. La señora Neville lanzó un grito desgarrador. Se llevó las manos a la cabeza y se arrodilló en el suelo: más que el final de una novela de las que gustaban a Yvette, aquello parecía la catarsis final de una tragedia griega. Quizá los detectives fueron el detonante que Leonor necesitaba para deshacerse de esa carga tan pesada que llevaba todos esos años.

La señora Neville lo contó todo, incluso antes de llegar a la comisaría.

Poco después, sendos escuadrones de policía visitaban las casas de Grant Dorset, que no tuvo más remedio que guiarlos a su vez hasta donde vivía Sarah Carson, y la casa de Ted Morris. En los dos casos, llevaban la correspondiente orden de arresto.

34

PARTE de lo sucedido lo habían descubierto ya Tom y Nadine, aunque la resolución del caso les reservaba algunas sorpresas:

Ciertamente, Leonor Neville pretendía quedarse con la herencia de los Carson. Su mayor obstáculo, incluso mayor que su hermana Evelyn, era Sarah, la heredera directa. Por lo que Leonor aplicó aquello de «si no puedes con ella, únetele».

El clandestino noviazgo entre Grant y Sarah le trajo la gran oportunidad. Peter y su mujer rechazaban al joven, lo creían un oportunista que solo buscaba el dinero familiar. Condenada a permanecer separada de su amor, Sarah comenzó a odiar a sus padres con la intensidad de la que solo son capaces los adolescentes. Hasta que la tía Leonor le aseguró que podría hacer algo por ella. Sin saber hasta qué punto llegaban sus planes, Sarah aceptó. En ese estado emocional, habría aceptado cualquier cosa.

Leonor convenció a Grant, que era un toro enfurecido, y cuya lucidez se había nublado tanto como la de Sarah.

También sobornó a Ted Morris: ella lo conocía, y sabía que no era un tipo particularmente honesto. Lo había mandado a seguir, y tenía fotos de él engañando a su esposa, así que —para asegurarse— sumó al estímulo del soborno la amenaza de la delación. Irónicamente, Ted acabaría divorciándose de su esposa cuando no pudo ocultarle que estaba siendo cómplice, aunque más no fuera como mero encubridor, de un crimen aberrante.

La noche que los Carson salieron de su casa hacia la de Morris, Grant los interceptó en el camino y los asesinó mediante dos certeros disparos. Ninguno fue para Sarah, desde luego.

Apenas cometido el crimen, la joven pareja tomó consciencia de la locura que acababan de hacer.

Pero ya era tarde: Leonor los tenía aterrados, y los amenazaba con mil y una represalias si abrían la boca. Empezando por el hecho de que ellos, y en especial Grant, habían sido partícipes necesarios del crimen:

—Si intentan lanzarme al vacío —les decía Leonor Neville con una voz que a ellos les sonaba como la de una bruja—, yo los tomaré de los brazos y me los llevaré junto a mí. O los tres seguimos con nuestra vida, o los tres nos la arruinamos. ¿Acaso quieren ustedes vivir su amor alejados? Cada uno en la cárcel.

Leonor —respetando su método de persuasión mixta, que combinaba amenazas y estímulos monetarios— entregó a los jóvenes una buena parte del dinero, una vez que se hizo pasar por Leonor y había cobrado. También se encargó de contratar a unas personas muy discretas para ahuecar la pared: ese le parecía un buen lugar para guardar las evidencias, no quería arrojarlas por las inmediaciones porque sabía que la policía buscaría allí. Obviamente, las obras comenzaron un par de días antes que el crimen. Como se trataba de una refacción menor y discreta, Leonor se las arregló para ocultarla a Peter y a su mujer.

Leonor Neville también usó ese lugar para esconder los cuerpos durante un tiempo. A Tom y Nadine los estremeció saber que los cadáveres estaban allí dentro cuando la señora Neville hizo la denuncia y la policía recorrió por primera vez la casa. Sin embargo, el escondite era perfecto. Y, dado que supuestamente se trataba de una desaparición y no de un crimen cometido allí dentro, en principio la revisión de la casa no resultó exhaustiva.

Después, con ayuda de Grant y Sarah, la señora Neville disolvió los cadáveres con un potente ácido. Con los años no quedó rastro alguno. Aunque ahora mismo Leonor debía arrepentirse de no haber sido más cuidadosa y eliminar también los pañuelos. Esa era la debilidad de los criminales más astutos: la sensación de omnipotencia y de absoluta seguridad que los inflamaba una vez que lograban salirse con la suya. En ese momento solían ocurrir los descuidos.

Grant y Sarah no se fueron a vivir juntos ni hicieron ostentación de dinero, para no despertar sospechas. Ella, oficialmente muerta, se compró un pequeño apartamento cerca de la casa de los padres de Grant, donde él siguió viviendo. Grant había comenzado su empresa por Internet, negocio con el que intentaría justificar ante el fisco y ante todos —incluidos sus propios padres, ignorantes de lo que había hecho su hijo— que contaba con el dinero suficiente para mudarse solo. Recién en ese momento se iría a vivir con Sarah, a quien obviamente presentaría con otro nombre. Lo tenían todo muy bien planeado.

Aunque, según Sarah le contó a Tom y a Nadine cuando ellos la recibieron en la comisaría, los carcomía la culpa: ellos se habían portado como unos jóvenes impulsivos y tontos, y de haber podido habrían vuelto el tiempo atrás y frustrado los planes de la tía Leonor.

Sin embargo, aquello era imposible.

EPÍLOGO

RECOSTADA sobre el pecho de Tom, en la cama del apartamento de él, Yvette escuchó atentamente la resolución de la historia.

—Es terrible —dijo—, aunque fascinante.

—El alma humana no tiene fondo —dijo Tom. Otra frase que tenía preparada para esas ocasiones.

—Has salido en los diarios, junto con Nadine. Son unos héroes.

—No es por falsa modestia, pero creo que también tuvimos suerte: en el fondo, la culpa los estaba devorando a todos. Incluso a la cruel señora Neville.

Yvette besó a Tom:

—Mi detective estrella —le dijo.

—Y también tuve la suerte de tener una novia que, a veces, actúa como la mejor de las ayudantes.

—¿Has visto? —Ella hablaba en tono juguetón—. Alguna ventaja tiene salir conmigo…

Sin dejar de abrazarla, Tom se puso de costado en la

cama, para tomarla de la mejilla y mirarla de frente. Le dio un beso largo e intenso. Y le dijo:

—Tú eres el misterio en el que me quiero quedar a vivir.

Esa frase no la había preparado de antemano.

FIN

Tom y Nadine regresan en la segunda novela de la serie: *El caso del asesino del clan*. Obtenla aquí: https://geni.us/elcasodelasesino

NOTAS DEL AUTOR

Espero hayas disfrutado la lectura de esta novela.

Si te gustó mi obra, por favor déjame una opinión en Amazon. Las críticas amables son buenas para los autores y los lectores... y un estudio reciente (realizado por mi persona) también indica que escribir una opinión positiva es bueno para el alma ;)

¿Sabías que ahora también puedes disfrutar de mis historias en audiolibros? Te invito a gozar de esta experiencia con mi relato *Los desaparecidos*. Escúchalo **gratis** aquí: https://soundcloud.com/raulgarbantes/losdesaparecidos

Puedes encontrar todas mis novelas en mi página web: www.raulgarbantes.com

Finalmente, si deseas contactarte conmigo puedes escribirme directamente a raul@raulgarbantes.com.

Mis mejores deseos,
Raúl Garbantes

amazon.com/author/raulgarbantes
goodreads.com/raulgarbantes
instagram.com/raulgarbantes
facebook.com/autorraulgarbantes
twitter.com/rgarbantes

Made in the USA
Middletown, DE
01 April 2022